Willigis: Der Alte aus Atlantis

WILLIGIS

Der Alte aus Atlantis

Aquamarin Verlag

1. Auflage 2019

Voglherd 1 • D-85567 Grafing

Umschlaggestaltung: Annette Wagner
Satz: Sebastian Carl

Druck: CPI • Birkach

ISBN: 978-3-89427-846-5

Der Alte aus Atlantis

Schwer stampft das Schiff durch die aufgeregten Wogen des Karibischen Meeres. Sturm fegt daher und türmt die Wellenberge auf. Die Decks sind leer. Die Passagiere haben sich in ihre Kabinen zurückgezogen. Nur ein paar Trinkfeste sitzen im Gesellschaftsraum und versuchen, das innere Unbehagen durch erhöhte Alkoholzufuhr zu überwinden.

Auf dem Ruhebett in seiner Kabine liegt Erik von Lichtenau, seinen Gedanken hingegeben. Die großen Augen in dem durchgeistigten Gesicht schauen ins Leere, ihr Blick ist nach innen gerichtet. Erik von Lichtenau ist der Abkömmling eines alten Geschlechtes, das durch Jahrhunderte seinen Stammsitz im Süden Deutschlands hatte.

Sein Vater bekleidete ein Hofamt bei einem kleineren Landesfürsten, und als nach dem verlorenen 1. Weltkrieg das Kaiserreich in Trümmer sank, war auch er seines Amtes verlustig gegangen. Diese schwere Erschütterung konnte der alte Hofmann nicht überwinden und war wenige Jahre danach dem Tod erlegen. Auch die so sehr geliebte Mutter hatte Erik von Lichtenau verloren. Sie war ihm alles gewesen. Nach außen die große Dame, die untadelig durch ihr Leben schritt, sich immer willig und mit seltener Beherrschung den vielfachen gesellschaftlichen Verpflichtungen unterzog, welche die Stellung ihres Gatten mit sich brachte, war sie in ihrem Inneren ein Mensch gewesen, den das Rätselhafte, Unerforschte anzog. Wenn sie es nur irgendwie ermöglichen konnte, verbrachte sie die freie Zeit bei ihren Büchern.

Ihr besonderes Interesse galt dem Leben und der Kultur alter Völker, über deren Geschichte das Dunkel nur teilweise gelichtet war. Mit den Wissenschaftlern und Forschern, die durch ihre Werke zu ihr sprachen, rätselte sie an Geheimnissen, über welche die Jahrtausende ein schier undurchdringliches Dunkel gebreitet hatten. Ihre Fantasie entzündete sich immer wieder von Neuem daran, und sie sprach darüber gern mit ihrem Sohn.

Vor dem geistigen Auge Lichtenaus erstand ihr geliebtes Bild. Er sah sie wieder im runden Turmzimmer des alten burgartigen Schlosses. Der behagliche Raum diente als Bibliothek und ließ durch seine Fenster einen weiten Ausblick in die Landschaft zu.

Meistens zur Dämmerung, wenn die Nachtschatten sich herniedersenkten, saß die Mutter in dem großen Ohrensessel. Den Blick in die Ferne gerichtet, begann sie zu erzählen und ließ Bilder aus den Reichen der Maya, der Inka und der Etrusker vor dem frühreifen Knaben entstehen, die sein Interesse aufs Äußerste erregten. Diese stillen Plauderstunden wurden für den Knaben und später für den jungen Mann der Quell umfassenden Erkennens und Wissens, das diese gütige Seele über ihn ausschüttete.

Lange Zeit hatte sich seine wissensdurstige Mutter auch mit dem im Meer versunkenen Atlantis beschäftigt. Alle einschlägigen Bücher beschaffte man, und Erik wurde der vertraute Kamerad, mit dem die Mutter das Für und Wider der Meinungen durchsprach.

So war frühzeitig in ihm der gleiche Wissensdrang geweckt und weiter genährt worden. Als sie von ihm gegangen war, hatte er sich noch bewusster mit diesen Wissensgebieten befasst. Der Wunsch, an Ort und Stelle Nachforschungen zu beginnen, faszinierte ihn immer stärker, und das Schicksal kam seinem Streben entgegen, indem es ihm die Wege ebnete.

Vor wenigen Jahren war ein Verwandter der Mutter, die aus einer holländischen Reedersfamilie stammte, gestorben und hatte die Mutter zu seiner Erbin eingesetzt.

Dadurch waren ihm die Mittel auf dem Erbwege in die Hand gegeben worden. So hatte es ihn nicht mehr in der Heimat und bei seinen Büchern gehalten. Er wollte selbst erforschen und erkennen, welche Wahrheit in all diesen Dingen steckte. Jahrelang war er schon unterwegs. Von Bremen war er über England nach Südamerika gereist. Er hatte die Ruinenstätten der Inkas durchforscht. Jedem Strich an den Wänden halb verfallener Tempel schenkte er Beachtung, aber bis jetzt konnte er nichts anderes sagen, als die Forscher vor ihm festgestellt hatten. Die Ruinen der Inkas offenbarten ihm nichts Neues. Nun hoffte er, in Mexiko auf den Spuren der alten Maya Rätsel zu lösen, mit denen sich seine Fantasie beschäftigte.

Das Schlingern des Schiffskörpers scheint nachzulassen. Lichtenau greift nach einem neben ihm liegenden Notizbuch. Er blättert darin, und wie jemand, der sich etwas in Erinnerung bringen will, liest er mit halblauter Stimme vor sich hin:

»... Mayapan, bedeutendste Stadtsiedlung der alten Maya. Ruinenstätte, 35 km südlich von Merido in Yukatan gelegen. Gut erhaltene Stadtmauer, achtzehn Meter hoch und dreißig Meter in der Basis. Deutung der Zeichen der Bilderhandschrift und der Inschriften auf vorgefundenen Steinmonumenten trotz zusammengestellten Alphabetes nur in sehr begrenztem Ausmaße gelungen. Lediglich die Hieroglyphen der Monate wurden bisher entziffert. …«

Lichtenau hält im Lesen inne. Er versinkt wieder im Nachdenken. Merkwürdig, denkt er, auch die Schrift der Bevölkerung des frühen Etruriens, der Rasenäer, wie sie sich nannten, ist nicht vollständig zu enträtseln. Auch sie waren ein Volk, das mit einer hochstehenden Kultur plötzlich in das Licht der Geschichte tritt und dessen Herkunft unbekannt ist.

Sollte hier nicht ein möglicher Zusammenhang bestehen? Wenn es doch gelänge, das Geheimnis zu lüften.

Träumerisches Sinnen bemächtigt sich seiner, das Buch entgleitet seinen Händen. Bilder steigen vor ihm auf. Hochragende Sonnentempel – zyklopische Mauern umschließen Paläste von eigenartiger Architektur. Dann verschwimmt alles, löst sich gleichsam in Dunst auf.

Da dröhnt der große Schiffsgong, das Mittagsmahl ankündigend, und entreißt Lichtenau seinen Träumen.

Er steht auf, macht sich etwas zurecht, verlässt die Kabine und begibt sich in den Speisesaal. Lebhaftes Stimmengewirr umfängt ihn. Die Gäste haben schon fast alle ihre Plätze eingenommen. Lichtenau ist einer der Letzten. Er geht auf seinen Tisch zu, eine knappe, höfliche Verbeugung vor seinen Tischnachbarn, dann widmet er sich ganz den Genüssen der Tafel, ohne von den anderen Notiz zu nehmen.

»Warum ist der Senor so sehr schweigsam?«, wird er plötzlich von seinem Gegenüber, einem jungen Mädchen von südländischer Schönheit, angesprochen.

Lichtenau sieht auf. Er lächelt, dann antwortet er: »Verzeihen Sie, Senorita, aber ich gedenke«, auf das Essen weisend, »erst einmal dem Magen das Seinige zu geben.«

»Oh, so spricht kein Caballero«, kommt es herausfordernd zurück.

»Möglich, Senorita, aber ich habe keinen Ehrgeiz in dieser Beziehung.« Mit diesen Worten wendet sich Lichtenau wieder dem Essen zu. Unter halb gesenkten Lidern beobachtet er unmerklich das junge Mädchen.

Diese Senorita Juanita y Serestro ist zweifellos eine Schönheit mit ihrem ovalen brünetten Gesicht, aus dem zwei dunkle Augen lebensfroh in die Welt schauen, stellt er erneut fest. Mit ihrem fast blauschwarzen Haar, das, in der Mitte gescheitelt, das Gesicht umrahmt und hinten in einem Knoten zusammengefasst ist, gleicht sie einem südländischen Madonnen-Bild.

Sehr zum Ärger ihrer Begleiterin, einer älteren, verblühten Dame, hat die Senorita gleich vom ersten Tage ihrer Bekanntschaft in etwas burschikoser Form ihr Interesse für den jungen Forscher bekundet. Es macht ihr offensichtlich Spaß, Lichtenau immer wieder aus seiner Reserve herauszulocken. Durch ihre Plaudereien weiß er auch schon ziemlich über ihre Verhältnisse Bescheid.

Ihr Vater ist ein reicher Silberminenbesitzer in Mexiko, der ihr jeden Wunsch erfüllt und sie auch jetzt nach Rio de Janeiro reisen lässt, damit sie diese südamerikanische Metropole kennenlernt. Sie hat natürlich viele Verehrer, aber sie nimmt diese nicht ernst, lacht über sie und treibt mit ihnen alle möglichen Tollheiten, die für die Betroffenen oft peinliche Situationen zeitigen.

Lichtenau scheint der Erste zu sein, bei dem es ihr nicht gelingt, ihn auf ihre Erfolgsliste zu setzen. Er ist immer höflich und reserviert, aber er behandelt sie wie ein ungezogenes Kind. Das reizt sie oft maßlos. Sie ärgert sich über den »deutschen Tölpel«, wie sie ihn in schlechter Stimmung ihrer Gesellschafterin gegenüber nennt, und diese fühlt sich dadurch bewogen, den jungen Mann mit hochmütiger Ignoranz zu behandeln. Senorita Juanita hat sich auch schon vorgenommen, sich dieser Haltung anzuschließen, aber wenn Lichtenau erscheint und in seiner stillen, freundlichen Art mit ihr plaudert, fühlt sie sich immer wieder entwaffnet. Er ist so ganz anders als die jüngeren oder älteren Männer, die ihr den Hof machen. Er schenkt ihr keine Komplimente und scheint auch Veränderungen ihrer Kleidung gar nicht wahrzunehmen. Er ist immer gleichmäßig freundlich zu ihr, stets liegt ein sinniger Ernst auf seinem schmalen Gesicht, nur manchmal von einem Lächeln unterbrochen. Ein paar Mal erzählte er ihr auch von seinen Interessen. Zuerst langweilte es sie, dann hörte sie doch mit steigender Anteilnahme zu.

Sie ist in einen inneren Zwiespalt geraten, der sie beunruhigt. Ihr Mädchenstolz, geboren aus dem Bewusstsein ihrer Schönheit und ihres Reichtums, empört sich oft über seine Zurückhaltung. Doch seine ruhige, sichere Art gefällt ihr, seine wohltönende Stimme hört sie gern, und wenn sein klarer Blick auf ihr ruht, bemächtigt sich ihrer ein ganz eigenes Gefühl, das sie noch nie zuvor bei einem Mann so verspürt hat.

»Wollen Sie immer noch zu Ihren alten Trümmern?«, lässt sich Juanita wieder vernehmen.

»Ich erzählte es Ihnen bereits, Senorita«, lautet die kurze Antwort.

»Kommen Sie doch zu uns nach Mexiko. Es ist eine sehr interessante Stadt und viel netter als Ihre alten Steine. Papa würde sich gewiss freuen, Sie bei uns zu sehen.«

»Vielleicht später. Es wird mir sicher eine Ehre sein, Ihren Herrn Vater kennenzulernen.«

Juanita zieht nervös an ihrer Zigarette. Er ist wie ein Eisschrank, denkt sie, warum rede ich überhaupt mit ihm. Plötzlich durchzuckt sie ein Gedanke, sie spricht ihn auch sofort aus: »Wo wollten Sie noch hin, Senor?«

»Nach der Ruinenstätte Mayapan in Yukatan, bei Telchaquillo, in der Nähe von Merido«, gibt Lichtenau zur Antwort.

»Telchaquillo?«, wiederholt die Senorita sinnend. Dann fragt sie lebhaft ihre Begleiterin: »Telchaquillo, hat Pa' dort nicht auch Besitzungen, Dolores. Ich glaube, er hat mir einmal davon erzählt?«

»Das weiß ich nicht, Senorita. Es ist wohl auch nicht anzunehmen, dass Senor y Serestro Ihnen erlauben würde, in diese unmögliche Gegend zu gehen«, gibt Senora Dolores zurechtweisend zurück.

»Pah, das weiß ich besser. Pa' erlaubt es mir bestimmt.« Sich zu Lichtenau wendend, fragte sie ihn: »Was halten Sie davon, wenn ich Sie begleite?«

Dieser muss unwillkürlich lachen. »Das ist unmöglich, Senorita. Das ist kein Aufenthaltsort für eine verwöhnte junge Dame.« Juanita beißt sich auf die Unterlippe. Jähe Röte überfliegt ihr erregtes Gesicht, dann bricht es los: »Sie sind ein ganz schrecklicher Mensch. Jawohl, das sind Sie!«, unterstreicht sie im ärgerlichen Ton.

»Aber, Senorita«, mischt sich Senora Dolores ein.

»Ach was«, begehrt Juanita auf, »ich bin kein kleines Mädchen mehr und weiß, was ich will. Wenn mich Herr von Lichtenau nicht mitnimmt, werde ich Pa' bitten, mit mir nach Mayapan zu fahren, um mir die Ruinen zu zeigen.« Sehr erregt sieht sie aus, die Augen blitzen, nervös spielen die Hände.

Lichtenau hält es für ratsam, die Situation zu beenden. Er erhebt sich, verneigt sich zu den beiden Damen und sagt: »Überlegen Sie sich Ihr Vorhaben, Senorita, wenn Sie ruhiger geworden sind. Andernfalls würden Sie es sicher bedauern.«

»Das ist meine Sache, Herr von Lichtenau!«, ist die brüske Antwort.

Dieser verlässt den Saal und tritt auf das Deck hinaus. An der Reeling bleibt er stehen und blickt auf das Meer, das sich beruhigt hat. Dummes kleines Mädel. Ein leichter Anflug von Ärger ist in ihm. Lange Zeit steht er und schaut in die Weite, da berührt jemand leicht seinen Arm. Er wendet sich zur Seite und blickt in Juanitas dunkle Augen.

Ganz leise, etwas stockend, kommt es über die Lippen: »Seien Sie mir nicht böse, Herr von Lichtenau, ich war wohl recht ungezogen?«

»Nur ein wenig unvernünftig, Senorita.«

Der freundliche Ton der Stimme gibt dem Mädchen die Sicherheit zurück, und lebhaft versichert sie: »Sie müssen mir glauben, ich interessiere mich wirklich für Ihre Forschungen. Es klingt unwahrscheinlich, nicht wahr? Aber ich möchte mich irgendeiner ernsthaften Sache widmen«, und leicht bekümmert setzt sie hinzu, »mein Leben ist so inhaltslos, und Ihre Erzählungen von Ihrem Streben haben mich das so recht erkennen lassen. Lassen Sie mich mitgehen als Ihre Gehilfin.« Eine bittende Gebärde unterstreicht die letzten Worte.

»Es geht wirklich nicht, Senorita.« Enttäuschung malt sich in den Zügen des jungen Mädchens, der volle Mund zuckt, die Tränen scheinen nahe. Begütigend fährt Lichtenau fort: »Vorläufig jedenfalls nicht.« Dann beginnt er, von seinen Hoffnungen zu erzählen, die ihn veranlassen, nach Yukatan zu gehen. Er schildert ihr eindringlich die Mühseligkeiten und Unannehmlichkeiten, die seiner warten werden, die er aber überwinden müsse, um zu seinem Ziel zu gelangen. In seiner ruhigen Art spricht er mit Juanita, und langsam sieht sie ein, dass sie ihm vorerst nichts nutzen könnte. Als er ihr dann aber verspricht, nach Abschluss der Arbeiten zu schreiben, hellt sich ihr Gesicht auf.

Impulsiv ergreift sie seine Hand: »Das ist ein Wort, und ich verlasse mich darauf.«

»Das können Sie, Senorita. Ich freue mich über Ihre Anteilnahme und werde Ihnen regelmäßig nach Mexiko berichten.« Ein Händedruck besiegelt das Versprechen.

Nun stehen die beiden still nebeneinander, nur ihre verschiedenen Gedanken und Empfindungen reden eine wortlose Sprache. Mehr noch als alles Vorangegangene, scheint sie dieses gemeinsame Schweigen miteinander zu verbinden.

Groß und dunkel sind die Augen des Mädchens, als sie jetzt wieder zu ihm aufsieht und sagt: »Ich werde jetzt gehen müssen, Herr von Lichtenau, es wird kühl.«

Dieser wendet sich zu ihr. Sein Blick umfasst sie, ihr eine zarte Röte in das Gesicht treibend. »Also, auf gute Freundschaft, Senorita. Morgen früh kommen wir im Hafen an, dann trennen sich vorläufig unsere Wege. Aber ich fange an zu glauben, dass sie sich wieder vereinen.« Er verneigte sich, ergreift ihre kleine Hand und küsst sie.

»Auf Wiedersehen, Herr von Lichtenau!« Mit einem glücklichen Lächeln grüßt sie ihn nochmals und enteilt in ihre Kabine. Lichtenau ist allein.

Am andern Tag läuft das Schiff den Hafen an der Küste Yukatans an. Das vorläufige Reiseziel ist erreicht.

Lichtenau verabschiedet sich von Senorita Juanita. Sie ist still und zurückhaltend, nur ihre Augen sprechen eine beredte Sprache. Mit warmen Worten dankt er ihr nochmals für ihr Interesse und wiederholt das Versprechen, ihr bald zu schreiben.

»Ich würde mich freuen, von Ihnen zu hören«, etwas förmlich

und kühl klingen die Worte, während sie ihm die Hand gibt. Doch dann durchbricht das Gefühl die Schranke gesellschaftlicher Beherrschung. Die Augen werden feucht, und stockend bringt sie hervor: »Nicht wahr, Sie rufen mich bald? Die Madonna schütze Sie und ...«, jäh bricht sie ab.

Wie eine beschwörende Bitte klingt es und rührt an das Herz des jungen Forschers. Liebes kleines Mädchen, denkt er. Wieder umfasst sein Blick voller Herzlichkeit die schlanke Gestalt, fester umschließt seine nervige Hand die ihre, als er sagt: »Wir sehen uns wieder, Senorita. Ich weiß es. Ich fühle es in mir.« Ein Aufleuchten der dunklen Augen dankt ihm wortlos.

»Auf Wiedersehen, Senorita!«

»Auf Wiedersehen, Herr von Lichtenau!« Froh klingt Juanitas Stimme.

Höflich verneigt sich Lichtenau vor Senora Dolores, die mit eisig hochmütigem Gesicht der Szene beiwohnt. Ein knappes Kopfnicken ist ihre Erwiderung.

Noch einmal finden sich die Augen der jungen Menschen, dann wendet sich Lichtenau und gelangt über die Schiffstreppe in die wartende Barkasse, die ihn zum Ufer bringt.

Hier empfängt ihn der Trubel einer südländischen Hafenstadt. Sofort stürzen einige braune Burschen, in grellfarbener Landestracht gekleidet, auf den Köpfen riesige Sombreros, auf ihn zu und reden, einander überschreiend, heftig gestikulierend auf ihn ein, ihre Hotels anpreisend.

Lichtenau mustert amüsiert die Einzelnen. Endlich winkt er einem, der ihm als der Vertrauenswürdigste erscheint. Sogleich ergreift der Bursche die Gepäckstücke und schleppt sie zu einer unweit stehenden, etwas mitgenommen aussehenden offenen Kutsche. Nach kurzer Fahrt ist das Hotel erreicht. Der Forscher erhält ein geräumiges Zimmer, dessen Fenster zum Meer hinausgehen. Nach einem reichlichen, allerdings sehr gewürzten Mittagessen widmet er sich ein paar Stunden seinen Büchern. Gegen Abend, als die Hitze etwas nachgelassen hat, entschließt er sich zu einem Bummel durch die Stadt. Er will versuchen, einen zuverlässigen Führer und Pferde zu finden. Es wird nicht leicht sein in diesem fremden Land, und die Erfahrung hat ihn Vorsicht gelehrt. Nach längerem Herumschlendern betritt er eine der zahlreichen Hafenschenken. Prüfend schweift sein Blick über die mehr oder weniger verwegen ausschauenden Burschen, die an den Tischen sitzen, würfeln, trinken und sich laut und lebhaft unterhalten. Lichtenau tritt an den Schanktisch, trinkt seinen Wein und wendet sich wieder zum Gehen. Gerade als er die Schenke verlassen will, prallt er in der Tür mit einem jungen Mann zusammen. Dieser trägt die Mokassins der Indianer, doch seine Haut ist heller, und nur das straffe schwarze Haar lässt in ihm den Mestizen erkennen. Seine Augen blicken scharf, und der Mund ist fest geschlossen. Einen Augenblick lang ruhen beider Blicke ineinander. Dann betritt er die Schenke, wirft seinen Sombrero auf einen leeren Tisch, bindet mit langsamer Gebärde sein Halstuch ab und lässt sich nieder.

Unschlüssig bleibt Lichtenau in der Tür stehen. Irgendetwas gefällt ihm an dem jungen Mann, und so geht er zurück in den Raum und setzt sich an den gleichen Tisch. Der Andere nimmt keine Notiz von ihm. Umständlich setzt er seine Pfeife in Brand, ruft nach Wein und versinkt in Nachdenken. Lichtenau beobachtet ihn unausgesetzt. Der Bursche gefällt ihm immer mehr.

Er überlegt angestrengt, wie er das Gespräch mit ihm beginnen soll. Endlich gibt er sich einen Ruck, wendet sich zu ihm und fragt ohne Umscheife: »Verzeiht, Senor, könnt Ihr mir sagen, wo ich Pferde und einen Führer finde, um zu den alten Mestizendörfern zu kommen, in deren Nähe sich die Ruinen aus der Maya-Zeit befinden?«

Überrascht wendet sein Gegenüber den Kopf. Lichtenau fühlt den scharfen, durchdringenden Blick der nachtschwarzen Augen, dann antwortet der Angeredete mit schleppender Stimme: »Pferde kann der Senor überall kaufen, und hinführen will ich euch zu den Ruinen, denn ich stamme von da oben her.«

Lichtenau durchzuckt es wie Freude, so schnell zum Ziel zu gelangen, doch beherrscht er sich und fragt gelassen wieder: »Wie lange werden wir bis Telchaquillo brauchen?« Nach kurzer Überlegung erhält er als Antwort: »Ein paar Tage mit guten Pferden. Ich habe schon manchen Fremden dorthin geführt. Es ist kein ungefährliches Beginnen, denn Gesindel treibt sich in jener Gegend herum. Aber ich habe ein gutes Mittel.« Bei diesen Worten schlägt er leicht an die Revolvertasche, die an seinem Gürtel hängt. Dann fügt er hinzu: »Der Wirt kennt mich. Der Senor können ohne Sorge sein.«

Lichtenau denkt nach. Immer wieder gleitet sein forschender Blick zu dem Mestizen. Schließlich sagt er: »Gut – ich werde es mir überlegen, meldet euch morgen in der Casa d'orfeo bei Senora Margarita.« Er steht auf, gibt dem Burschen ein Handgeld und verlässt die Schenke.

Als Lichtenau gegangen ist, bleibt Paolo Samblo noch sitzen. Er nimmt eins der Geldstücke und befragt das Schicksal. Fällt die Krone nach oben, wird ihn der fremde Senor mitnehmen. »Bei der Madonna, die Krone ist nach oben gefallen.« Sichtlich befriedigt steckt Paolo das Geld ein, bezahlt an der Schenke und macht sich auf den Weg, um Pferde aufzutreiben.

Zurückgekehrt in das Hotel, sucht Lichtenau sofort sein Zimmer auf. Seinen Packtaschen entnimmt er eine Menge Pläne und Aufzeichnungen und vertieft sich in diese. Noch immer ist es ihm nicht gelungen, dem Land seiner Sehnsucht – Atlantis – näherzukommen. In Peru hat er die Inka-Iempel durchsucht, doch sein Forschen hat keine neuen Ergebnisse erbracht. Leise seufzend legt er die Pläne wieder zusammen.

Am nächsten Morgen stellt sich Paolo pünktlich ein. Er hat passende Pferde ausfindig gemacht.

Lichtenau überlegt nicht mehr lange, er betreut ihn mit der Ausrüstung der kleinen Expedition.

Paolo stellt sich am nächsten Tag frühzeitig wieder ein. Drei kräftige Pferde sind erstanden, auch alle notwendigen Ausrüstungsgegenstände, wie Zelt und Zubehör.

Lichtenau ist zufrieden. Paolo hat sich als zuverlässiger Mann erwiesen. Er sagt ihm das auch und unterstreicht sein Lob mit klingender Münze. Der Mestize strahlt und beteuert seine Ergebenheit.

»Wann können wir reiten?« Mit dieser Frage schneidet Lichtenau Paolos Redeschwall ab.

»Wenn der Senor will, in einer Stunde. Wir haben dann zur Mittagszeit den Wald, der zur Hochebene führt, erreicht.«

»Und was dann?«

»Die Ruinen liegen auf der Hochebene.«

»Gut, Paolo, in einer Stunde.« Lichtenau gibt dem Mestizen die Hand. Paolo fühlt sich durch diese Geste sichtlich geschmeichelt. Er erwidert den Händedruck mit solcher Kraft, dass Lichtenau Mühe hat, den Schmerz nicht laut werden zu lassen.

Zur verabredeten Zeit brechen sie auf. Bald liegt die Stadt hinter ihnen und die Steppe nimmt sie auf, die nach längerer Zeit in niedriges Gehölz und dann in dichten Wald übergeht. Ein schmaler Pfad führt durch das Dickicht, in dem Halbdunkel herrscht. Die Reiter kommen nur langsam vorwärts. Umgestürzte Bäume und wild wucherndes Gestrüpp versperren oft den Weg. Feuchtwarmer Dunst umfängt sie, und die Pferde beginnen zu schnaufen. Grünschillernde große Eidechsen huschen über den Weg, schauen einen Augenblick mit starrem Blick zu den Männern und verschwinden schnell im Gebüsch. Buntfarbene Vögel flattern hier und dort auf, und Insektenschwärme spielen an lichteren Stellen in der Luft. Nach stundenlangem Ritt ist der Rand des Waldes erreicht. Große Helle umflutet sie. Jäh erhebt sich vor ihnen ein lang gestreckter Bergabhang, von Wetter und Wind stark zerklüftet.

Paolo weist auf einen schmalen Strich, der serpentinenartig nach oben verläuft. »Seht Ihr den Pfad, Senor? Er führt auf die Hochebene, wo sich Mayapan befindet.« Lichtenau folgt mit dem Fernglas der Richtung.

»Ich bin müde, und heiß ist es hier«, der weiße Tropenanzug ist feucht vom Schweiß. »Wir wollen rasten, Paolo.«

Bereitwillig schafft Paolo alles Nötige herbei. Im Schatten uralter Bäume wird gelagert. Jeder lässt sich das Mitgebrachte schmecken. Unaufhörlich beobachtet Lichtenau den Mestizen. Wie geschmeidig er ist. Er gleicht einem seltenen Raubtier. Das braune Gesicht zeigt scharfe Konturen, zwei tief eingeschnittene Falten stehen um den vollen Mund. Er scheint es nicht leicht gehabt zu haben in seinem Leben. Unvermittelt fragt er Paolo: »Bist du verheiratet?«

»Nein.« Schroff klingt die Antwort. Die Augen nehmen einen harten Glanz an, die scharfen Linien um den Mund vertiefen sich. Lichtenau empfindet, dass er unbeabsichtigt an eine wunde

Stelle rührte. Begütigend sagt er: »Tröste dich mit mir, Paolo, auch ich habe noch nicht die Richtige gefunden. Es ist auch besser zu warten, als die Falsche zu nehmen.«

Paolo schweigt eine Weile, bis er antwortet. Seine tiefe Stimme zittert ein wenig, als er sagt: »Ich hatte die Richtige, doch ein Fremder nahm sie mir. Er war reich, und Paolo ist arm.« In seinen Augen glüht es drohend auf, als er hinzufügt: »Ich hasse die Fremden.« Der Mestize zischt es heraus, sein Gesicht verzerrt sich. Lichtenau wird es unbehaglich. Er erhebt sich, und seine Rechte tastet nach der Revolvertasche. Da tönt Paolos tiefes Lachen an sein Ohr: »Keine Furcht, Senor. Ihr seid gut. Ihr gabt Paolo die Hand. Immer wird euch Paolo dienen und schützen, gegen wen es auch sei.«

Lichtenau ist von dem plötzlichen Stimmungsumschwung betroffen. Er lächelt gezwungen. Merkwürdiger Kerl, fast im gleichen Atemzug spricht er von Hass und von Zuneigung zu den Fremden.

»Wir wollen weiter, Paolo, es wird Zeit.«

Vorsichtig klettern die Pferde den schmalen, oft steilen Pfad hinan. Noch brennt die Sonne unbarmherzig, es ist eine große Anstrengung für Mensch und Tier. Endlich ist die Höhe des Plateaus erreicht. Aufschnaufend stehen die Pferde still. Vor den Reitern breitet sich eine ungeheure Steppe aus. Verdorrtes Gras bedeckt sie, und vereinzelt recken Kakteen ihre bizarren Formen gen Himmel. In der Ferne lassen sich durch das Gras winzige Hütten erkennen. Lichtenau teilt es Paolo mit.

»Dort müssen wir hin, Senor. Es ist ein Mestizen-Dorf, in dem wir Unterkunft für die Nacht finden können.«

In schneller Gangart wird der Ritt fortgesetzt. Der Mond steht schon am Himmel, als die Reiter das Dorf, das aus einigen armseligen Hütten besteht, erreichen.

Paolo kennt sich hier aus. Auf sein lautes Rufen wird es in den Hütten lebendig. Männer und Frauen erscheinen von allen Seiten; sie starren die Ankömmlinge neugierig an. Der Mestize ruft ihnen etwas zu. Bald kommt ein alter Mann mit weißen Haaren, offenbar der Dorfälteste. Er grüßt Lichtenau mit einem kurzen Lüften des altersschwachen Sombreros. Auf Paolos Darlegungen erwidert er: »Ihr seid willkommen. Ihr könnt bei mir schlafen.«

Dann wendet er sich zu seinen Leuten und fügt hinzu: »Der Fremde ist unser Gast.«

Dieses Wort löst den Bann. Die Männer drängen sich um Lichtenau. Jeder ruft ein paar Worte. Freundlich antwortet der junge Forscher: »Ich danke euch für eure Freundschaft. Morgen früh will ich es euch entgelten, so gut ich es kann. Jetzt müssen wir schlafen, wir sind sehr müde.« Er springt vom Pferd und folgt dem Dorfältesten in dessen Hütte, wo ein einfaches Lager seiner wartet.

Paolo bleibt draußen bei den Pferden. Er bindet sie an und hockt sich mit eingeschlagenen Beinen daneben, die Wand der Hütte dient ihm als Rückenlehne.

Früh steht die Sonne in strahlender Majestät am wolkenlosen Himmel. Freundlich verabschiedet sich Lichtenau von seinem Gastgeber. Er schenkt ihm und anderen Dorfbewohnern einige Geldstücke, was große Freude auslöst.

Die trostlose Einöde nimmt die Reiter wieder auf. Stunden um Stunden verrinnen. Im kärglichen Schatten großer Kakteen wird kurz gelagert – und dann geht es weiter. Nach tagelangem Ritt, in dessen Verlauf sie noch in anderen Mestizen-Dörfern übernachten, wird endlich am Horizont eine dunkle Erhebung sichtbar, die sich beim Näherkommen, durch das Fernglas erkennbar, als die Ruinen Mayapans erweisen.

Noch eine Übernachtung ist notwendig. Gegen Mittag des kommenden Tages nähern sich die Reiter den Überresten der zyklopischen Umfassungsmauer, die teilweise noch in respektabler Höhe die Ruinen der alten Maya-Hauptstadt umschließt.

Das Fieber der Erwartung hat Lichtenau gepackt. Er drängt auf schnellere Gangart. Im Galopp jagen sie in der Sonnenglut über die von Hitze förmlich dampfende Steppe. Die Pferde sind schweißbedeckt. Plötzlich spürt Lichtenau eine bleierne Müdigkeit in seinen Gliedern. Die Hitze übermannt ihn. Mit letzter Willenskraft kämpft er, um seiner Sinne mächtig zu bleiben. Totenbleich ist sein Gesicht, über das die Schweißströme rinnen. Stoßweise entringt sich der Atem. Ein Schwindelgefühl erfasst ihn, ein tiefes Ächzen, dann fällt er nach vorn auf den Hals des Pferdes, das nach wenigen Schritten stillsteht.

Der ächzende Laut ruft Paolo an Lichtenaus Seite. Der Mestize springt vom Pferd und fängt den Forscher in seinen Armen auf. So gut es geht, bettet er ihn auf den Boden, öffnet das Hemd und versucht, ihm mit seinem Sombrero frische Luft zuzufächeln.

Nach einer Weile schlägt Lichtenau die Augen auf. Mühsam richtet er sich empor, doch erschöpft sinkt er wieder zurück. Bekümmert betrachtet ihn Paolo. Da kommt ihm ein Gedanke. Er geht zu seinem Pferd und holt aus der Satteltasche ein kleines Fläschchen. Er öffnet es und bringt es an Lichtenaus Lippen. »Trinkt, Senor, es wird euch gut tun.«

Gierig trinkt der Forscher. Fast umgehend spürt er, wie alle Müdigkeit und Gliederschwere von ihm weicht. Er ist hellwach und fühlt sich wie neugeboren. Wohlig streckt er sich, dann, mit einem Ruck, steht er auf den Beinen. »Das ist wohl ein Zaubertrank?«

»Nein, Senor«, lächelt Paolo, »das ist er nicht. Es ist Wein mit ein paar Tropfen Peyotl, ein Gift, das aus dem kleinen stachellosen Kaktus Peyot, der wie ein graugrüner Kiesel aussieht, gewonnen wird. Aber man muss vorsichtig damit sein, sonst verliert man den Verstand und stirbt daran«, fügt er mit ernstem Gesicht hinzu.

»Peyotl«, Lichtenau erinnert sich dunkel, darüber gelesen zu haben. Sein Pferd besteigend, sagt er froh: »Jedenfalls danke ich dir, Paolo. Die Hitze hatte mich ganz schön erledigt, doch jetzt wollen wir reiten, um vor Anbruch der Nacht bei den Ruinen zu sein.«

Immer näher rückt die mächtige Mauer. Endlich ist sie erreicht. Lichtenau entschließt sich, an ihr entlangzureiten, um an einer geeigneten Stelle ein Lager aufzuschlagen. Einen Mauerdurchbruch, in dessen Nähe ein paar Kakteen stehen, wählt er zum Ruheplatz.

Paolos Sorge gilt zuerst den Pferden. Sorgfältig reibt er sie trocken und tränkt sie aus dem mitgeführten Wassersack. Dann richtet er das Zelt. Aufatmend lässt sich Lichtenau auf das Deckenlager fallen. »Puh, ist das eine mörderische Hitze.«

Lang streckt er sich aus.

Geschmeidig und geräuschlos in seinen Mokassins, gleitet Paolo in das Innere des Zeltes und hockt sich nieder.

»Wollt ihr heute noch zu den Ruinen, Senor?«

»Morgen früh, Paolo. Es ist besser, wir ruhen uns erst einmal aus.«

Der Mestize nickt zustimmend. Plötzlich verwandelt sich sein Gesichtsausdruck. Er schaut düster, mit starrem Blick, vor sich hin.

»Was hast du, Paolo?«, fragt Lichtenau, der die Veränderung bemerkte. Der Mestize murmelt monoton, wie geistesabwesend, unverständliche Worte vor sich hin. Was hat der Bursche? Lichtenau richtet sich etwas auf. Paolos Augen sind weit aufgerissen, er starrt in die Luft, als sähe er etwas. Unaufhörlich murmeln die Lippen die gleichen Laute. Der Forscher klopft ihm leicht auf die Schultern. Der Mestize zuckt zusammen, die Augen verlieren die Starre, das Gesicht entspannt sich.

»Was hast du gesehen, Paolo?«, dringt Lichtenau in ihn. Furchtsam sieht sich der Mestize um, dann flüstert er: »Die Geister Mayapans wachen über die heilige Stätte, Senor. Wir müssen versuchen, sie uns gut zu stimmen, sonst kostet es unser Leben.«

Primitiver Aberglaube, denkt der Forscher. Mit einem Scherzwort will er darüber hinweggehen, doch er schweigt. Er erinnert sich des mysteriösen Todes eines bekannten Forschers und seines Gehilfen, die in eine ägyptische Grabkammer eindrangen und später langsam dahinsiechten. Die berühmtesten Ärzte konnten die Ursache dieser Todesfälle nicht feststellen. Es wurden genaueste Untersuchungen in der Grabkammer vorgenommen. Alle Annahmen, dass es sich um eine Infektion durch Insekten oder geheimnisvolle Gifte, die auf den Geräten der Grabkammer aufgestrichen waren, handelte, erwiesen sich als nicht stichhaltig. Die Weltpresse griff den Fall auf. Alle erdenklichen Vermutungen wurden aufgestellt. Man verstieg sich sogar zu der Annahme, dass die Priester Altägyptens durch besondere magische Kräfte, die sie zum Schutz der Grabkammern an diese Orte bannten, den Eindringlingen den geheimnisvollen Tod bereiteten.

Sollten hier ähnliche Gefahren lauern? Erzogen im Denken des modernen Zeitalters, lehnt Lichtenaus Verstand eine mysteriöse Deutung ab. Aber damit ist keine Erklärung gegeben. Sollte dieser einfache Mensch in seinem Glauben der Sache näher kommen als die aufgeklärten Wissenschaftler? Rätsel über Rätsel hat er schon auf seinen Wegen, den Spuren alter Völker folgend, ungelöst vorgefunden. Immer ist er achselzuckend darüber hinweggeschritten. Einbildung, Selbsttäuschung oder Suggestion waren es wohl gewesen, was ihn manchmal geheimnisvoll angemutet hatte. Sicher leidet auch Paolo unter Halluzinationen und nimmt etwas als Wirklichkeit an, was nur blauer Dunst ist. Doch es bleibt ein leises, unbehagliches Gefühl in Lichtenau lebendig. Mit allen Waffen seines Verstandes zieht er gegen diese Empfindung zu Felde, bis der Schlaf ihn umfängt.

Als Lichtenau am anderen Morgen erwacht, steht der Mestize schon fertig angezogen vor seinem Lager. Soweit es der beschränkte Wasservorrat zulässt, erfrischt er sich. Beim gemeinsamen Frühstück erzählt Paolo, dass er schon Umschau gehalten hat. Er sagt: »Wir können durch das Mauerloch bis an den Sonnentempel heranschreiten.« Interessiert hört Lichtenau zu.

»Gut, Paolo, wir werden es versuchen.«

Das Lager wird abgebrochen. Vorsichtig lenkt Paolo sein Pferd in den Mauerdurchbruch. Lichtenau folgt, das Packpferd hinter sich herziehend. Sie kommen auf ein weites Trümmerfeld, das mit größeren und kleineren Steinen übersät ist. Die Hindernisse bedachtsam umgehend, gelangen die Pferde bis an die große, ziemlich verfallene Freitreppe des Tempels, die, aus mächtigen Quadersteinen zusammengefügt, nach oben strebt.

Lichtenau sieht sich um. Irgendetwas Besonderes ist nicht zu erblicken. So reitet er langsam an der Freitreppe entlang und schwenkt an der anderen Seite des Tempels ein. Wieder erschweren Geröll und Kakteen den Weg und müssen umgangen werden. Aufmerksam betrachtet der Forscher das alte Gemäuer. Da fällt ihm ein breiter Spalt auf, der, über Manneshöhe gelegen, einem dunklen Loch gleichkommt. Er ruft Paolo. »Siehst du dort oben das Loch. Von dort müssen wir versuchen, in das Innere des Tempels zu gelangen. Schlage das Zelt auf und binde die Pferde an.« Wortlos gehorcht der Mestize. Lichtenau prüft indessen seinen Revolver und seine Taschenlampe. Auf seine Weisung tut Paolo das Gleiche und folgt mit Hacke, Beil und Seil dem vorangehenden Forscher. An der Tempelmauer angelangt, klettert Lichtenau auf die Schultern Paolos und zieht sich mit einem Klimmzug in den Spalt. Das zugeworfene Seil erleichtert Paolos Aufstieg. Vorsichtig, Schritt für Schritt, dringen die Männer in das dunkle Loch. Die Taschenlampen flammen auf und erleuchten einen schmalen, niedrigen Gang, der in vielen Windungen, langsam in die Tiefe gehend, dem Inneren des Tempels zuzustreben scheint. Andere Gänge, von beiden Seiten kommend, kreuzen ihren Weg. Lichtenau versucht, die einmal eingenommene Richtung einzuhalten. Dieses Vorhaben wird ihm plötzlich erschwert. Der Weg verzweigt sich in mehrere auseinanderlaufende Gänge. Unschlüssig bleibt er stehen.

»Das Labyrinth des Minotaurus scheint hier sein Vorbild gehabt zu haben«, murmelt er nervös vor sich hin.

Paolo tritt hinzu. Er ist etwas furchtsam gefolgt. Vorbeihuschende Eidechsen und anderes Getier haben seine Fantasie erregt. Ängstlich fragt er mit leiser Stimme: »Wollt ihr denn noch weiter, Senor? Wir werden uns verirren und verhungern.«

Die Furchtsamkeit des starken, sehnigen Burschen bringt Lichtenau zum Lachen und belebt seine Stimmung. »Wir gehen weiter, Paolo. Noch war nichts zu sehen, was mich interessieren könnte. Doch still.« Er schweigt und horcht angestrengt. »Hörst du nichts?«

Paolo lauscht. »Ich höre ein Geräusch wie fernes Plätschern von Wasser«, antwortet er.

»Wir wollen dem nachgehen, komm Paolo.« Lichtenau biegt in den Gang ein, aus dem er das Geräusch zu vernehmen glaubt.

Der Gang wird bald enger und niedriger. Tief gebückt müssen die Männer ihren Weg nehmen. Das Plätschern rückt mit jedem Schritt näher. Es wird immer lauter, bis sich der Gang zu einer kleinen Höhle weitet. Das Licht der Lampen gleitet über die Wände. Sie sind mit Bild-Hieroglyphen bedeckt. Im Hintergrund sprudelt Wasser in einer Nische. Beim Nähertreten erkennen sie ein gemauertes Becken, das einen Abfluss hat. Erstaunt betrachten beide Männer das Becken. Der Rand ist mit verschlungenen Ornamenten verziert, an den Seiten bilden Tierköpfe den Abschluss der Mauer.

Lichtenau kommt ein Gedanke. – »Findest du den Weg allein zurück?« »Das glaube ich schon, Senor«. »So gehe zurück und hole den Wassersack. Jetzt haben wir keine Not mit dem Wasser mehr.«

Der Mestize zögert, schließlich sagt er: »Ihr könnt doch nicht allein hier bleiben, Senor. Wenn euch etwas zustößt, niemand kann euch helfen.«

»Was soll mir hier schon passieren, Paolo. Hier ist niemand, jedenfalls kein Mensch, und mit deinen Geistern werde ich schon fertig«, lächelt Lichtenau.

Paolo bekreuzigt sich. Wortlos geht er, das leise Geräusch seiner Schritte verklingt.

Lichtenau ist allein. Aufmerksam betrachtet er beim Schein der Taschenlampe die Hieroglyphen. Eine Vogeldarstellung kehrt immer wieder, über die eine Sonne ihre Strahlen breitet, dann wieder senkrechte und waagerechte Striche und Wellenlinien, dazwischen ein geschlossenes Auge mit einem Unterkiefer.

Lange sinnt der Forscher vor sich hin. Dann weiß er, was diese Darstellungen bedeuten. Er hat darüber in den Werken über die Maya-Handschrift gelesen. Der mythische Vogel ist *Moan* und bedeutet wahrscheinlich die menschliche Seele. Die Sonne ist *Yaxkin* und ist der Gott, der hier angebetet wurde. Das geschlossene Auge mit dem fleischlosen Unterkiefer ist *Cimi*, der Tod.

Langsam geht Lichtenau an der Wand entlang, da öffnet sich ein neuer Gang vor ihm. Er geht hinein. Wieder das Gleiche. Sich windend senkt sich der Weg, andere Gänge münden ein. Der Forscher geht immer weiter – es drängt ihn vorwärts – vielleicht wartet hier die Erfüllung seines Strebens. Auf seinem Weg durchquert er kleinere und größere Höhlen, deren Wände mit Hieroglyphen bedeckt sind. Immer sind Vogelgestalten, Sonne und Augen erkennbar.

Lichtenau sieht auf seine Armbanduhr. Mein Gott – Stunden sind schon vergangen seit seinem Eintritt in diese labyrinthische Welt. Irgendwie meldet sich in ihm eine mahnende Stimme, die ihn zurückkehren lassen will. Doch geht er weiter. Plötzlich stutzt er – es ist ihm, als sei er schon in dieser oder jener Höhle gewesen. Ich habe mich verirrt – durchzuckt es ihn lähmend. Er bleibt stehen und überlegt. Er wird zurückgehen, seine eigenen Fußstapfen werden ihn hinausfinden lassen. Beim Schein der Lampe aufmerksam den Boden betrachtend, geht er langsam zurück. Doch da verwirren sich die Fußspuren, der Gang teilt sich, und überall hin verlaufen Spuren. Welcher ist der richtige Weg? Ein beklommenes Gefühl steigt in ihm auf. Wieder bleibt er stehen. Er ruft nach Paolo. Vielfältiges Echo hallt zurück, aber keine Antwort erfolgt. Wieder biegt er in einen anderen Gang ein, in der schwachen Hoffnung, zurückzufinden. Er läuft und läuft; kein Tageslicht zeigt sich in der Ferne. Der Gang weitet sich. Er betritt eine große Höhle, an deren Wänden Bildskulpturen sichtbar werden. Das Interesse des Forschers lässt ihn die Gefahr seiner Lage vergessen. Er erkennt Doppelstatuen, die in verblüffend guter Darstellung je ein Menschenpaar mit harmonischen Gesichtszügen abbilden. Er geht von Statue zu Statue und gelangt in den Hintergrund der Höhle, die hier in einen halbrunden Raum ausläuft, zu dem einige in Stein gehauene Stufen hinaufführen. Mit dem Rücken ihm zugekehrt, erblickt er in der Mitte eine sitzende Statue. Er steigt die Stufen hinauf und nähert sich dieser. Sieht er richtig oder täuscht er sich? Die Statue ist in einen mattfarbenen Mantel eingehüllt, der aus Stoff zu bestehen scheint. Das Licht der Taschenlampe gibt ihm die Gewissheit. Die Statue ist tatsächlich mit einem weiten Stoffmantel bekleidet. Lichtenau tritt näher heran und betrachtet die Statue von der Vorderseite. Er sieht in ein uraltes Gesicht mit geschlossenen Augen, das mit einem Netz von Runzeln und Falten besät ist. Ein eigenartig gefaltetes Kopftuch bedeckt das Haupt, von einem Stirnband gehalten.

Lichtenau steht und schaut in das Gesicht der geheimnisvollen Statue. Ist es eine Statue oder ist es eine Mumie? Wenn es eine Mumie ist, darf ich sie nicht berühren, sie könnte zerfallen. Er kommt mit der Lampe dem Gesicht näher. Die Statue scheint zu atmen – oder war es eine Sinnestäuschung. Lichtenau ringt mit sich. Soll er die Figur berühren. – Lange Minuten steht er unschlüssig, dann, mit plötzlichem Entschluss, streckt er die Hand aus, die Statue anzufassen. Da schlägt diese die Augen auf.

Lichtenau tritt zutiefst erschrocken zurück. Ein Mensch? – Eine tiefe, wohlklingende Stimme tönt an sein Ohr: »Hast du endlich heimgefunden, Nabor, Lukomane des Reiches der Maya?« Lichtenau starrt erschüttert in zwei große Augen, die einen faszinierenden Glanz ausstrahlen und aus denen ihm eine große Güte entgegenleuchtet. Langsam fasst er sich. Stockend fragt er mit verstörter Stimme: »Verzeiht, aber ich verstehe nicht den Sinn Eurer Worte.«

Ein Lächeln belebt das runzelige Gesicht des Alten.

»Du warst lange fort, Nabor, seit du dich abwandtest von Elohim, dem großen Geist des Lichtes, und der Abtrünnige musste leidvolle Wege gehen durch die Jahrtausende.«

Die Stimme schweigt. Lichtenau glaubt zu träumen. Ein Mensch in dieser Einsamkeit, tief unter der Erde, und dieser Mensch gibt ihm einen Namen und behauptet, auf ihn gewartet zu haben.

Er ist sicher von einer Zwangsvorstellung beherrscht – vielleicht ist es ein Wahnsinniger. Ich werde darauf eingehen. Der Alte kennt sicher dieses Labyrinth und wird mir helfen, hinauszufinden. Laut sagt er: »Wie nanntest du mich, Alter? Nabor? Richtig, ich erinnere mich. Ich war dein Nabor; aber erzähle mir noch mehr, es ist so lange her und ich habe vieles vergessen.«

»Spotte nicht, Nabor, es ist nicht die Stunde dazu.« Mit würdigem Ernst sagt es der Alte. Er erhebt sich, und fast um Haupteslänge überragt er den Forscher. Ein gütiger Blick strahlt von dem seltsamen Mann aus und besänftigt die innere Unruhe.

Etwas beschämt bringt Lichtenau hervor: »Ich bin etwas verwirrt durch deine Worte, deren Sinn ich mir nicht erklären kann.«

Der Alte nickt freundlich, und er fordert den Forscher durch eine Handbewegung auf, ihm zu folgen. Mit langsamen Schritten geht der rätselhafte Mensch voraus. Am Ende der Höhle biegt er, etwas gebückt, in einen Gang ein. Hier bleibt er stehen und wendet sich zu dem ihm folgenden Lichtenau: »Lösche dein künstliches Licht, Nabor. Du hast es nicht mehr nötig. Halte dich nahe zu mir, so kann dir nichts geschehen.« Lichtenau gehorcht. Die

Taschenlampe erlischt. Dunkel hüllt ihn im ersten Augenblick ein, doch dann erkennt er vor sich den Alten, dessen Gestalt mattes Licht zu umfließen scheint. Sie setzen den Weg fort. Das außergewöhnliche Erleben nimmt Lichtenau gefangen. In ihm ist ein Gefühl des Geborgenseins aufgekommen, verbunden mit einer frohen Erwartung. Unwillkürlich lächelt er über sich selbst.

Der Weg führt wieder durch Windungen. Endlich bleibt der Alte stehen. Im Nähertreten sieht Lichtenau, wie sein Führer einen mächtigen Steinblock scheinbar mühelos aus der Wand löst und beiseite räumt. Ein großes dunkles Loch gähnt ihnen entgegen. Durch dieses verschwindet der Alte. Lichtenau folgt ihm. Eine Weile noch geht es vorwärts, dann verengt sich der Gang und scheint zu enden.

Plötzlich schlägt der Alte einen schweren Vorhang zurück. Lichtenaus Blick fällt in ein weites Gemach, das, von einem eigentümlich irisierenden Licht erhellt, verschiedene Einrichtungsgegenstände erkennen lässt. Überrascht bleibt der Forscher stehen und sieht seinen Führer an.

»Tritt ein, Nabor, der Segen Elohims sei mit dir!«

An dem Alten vorbei, betritt Lichtenau den Raum. Eine traumhafte Situation umfängt ihn. Die Wände des hohen, weiten Gemaches bestehen aus geschliffenem Gestein, das dem Opal ähnlich ist. Der Boden ist bedeckt mit kostbaren Teppichen und Tierfellen. Entlang der Wände stehen breite Ruhebetten, deren Füße griechische Formen aufweisen. Antike Armstühle ohne Rücklehne und niedrige runde Marmortische vervollständigen das Bild. Lichtenau steht und schaut. Er wagt kaum zu atmen, in der Furcht, das schöne Bild könne sich in Nichts auflösen.

In seiner Versunkenheit erreicht ihn die Stimme des Alten wie aus weiter Ferne: »Lasse dich nieder, Nabor«, der Alte weist auf einen Stuhl. Lichtenau setzt sich zögernd, seine Augen sind in die eigenartige Pracht verstrickt, die ihn umgibt.

Der Alte geht in eine Ecke des Gemaches. Er bringt in einer Achatschale eine kristallklare Flüssigkeit, die er vor Lichtenau hinstellt. Vorsichtig trinkt dieser davon, dann nimmt er die Schale von den Lippen. »Was ist das, Alter, was du mir anbietest?« »Quellwasser, dem einige Kräuter beigemischt sind.« Lichtenau drängen sich viele Fragen auf, aber eine innere Scheu hält ihn zurück, sie laut werden zu lassen.

Der Alte hat sich, seinem Gast gegenüber, auf einem Ruhebett niedergelassen. Erwartungsvoll blickt ihm dieser ins Gesicht. »Du bist weit abgeirrt, Nabor, seit ich dich das letzte Mal sah.«

»Und wann war das?«, entfährt es Lichtenau.

»Für dich sind es viele Tausende von Jahren, für mich war es gestern.«

Ungläubig schaut Lichtenau den Alten an. Er sieht wieder in die Augen des vergilbten Gesichtes, und es ist ihm, als sehe er in eine große Halle hinein. Wie mit magischem Bann halten ihn diese Augen fest, ihr Blick scheint in ihn hineinzudringen bis in die letzten Tiefen seiner Seele. Da hört er wieder die tiefe Stimme: »Deine Seele ist so alt wie die Welt. Von Anbeginn geht dein Weg. Viele Welten erlebtest du, bis du deinen Fuß erstmals auf diese Erde setztest. Es war das Land, nach dem du jetzt forschst, das schon die Träume deiner Knabenjahre erfüllte.«

»So war es Atlantis?«, unterbricht Lichtenau innerlich erregt.

»Du sagst es. Eya-Eya, die selige Insel, von der die Sagen der Menschen noch dürftige Kunde geben.« Eine Weile schweigt der Alte. Das runzelige Gesicht gleicht einer Totenmaske. Dann belebt es sich wieder, die Lider heben sich, ein entrückter Glanz lässt die rätselhaften Augen noch heller aufstrahlen. Er fährt fort: »Dein großes Verlangen nach dem Wissen dieser Dinge trieb dich auf den Weg. Sie schlummern in dir und gingen mit dir durch viele Leben. Denn wisse, durch viele Leben läuft deine Seele unaufhaltsam.«

Lichtenau ist in Sinnen versunken. Ist es ihm nicht manchmal so vorgekommen, als wäre er schon viele Wege auf diesem Planeten gegangen. Oft hatten sich in den Nachtstunden Bilder aufgedrängt, die er nicht verstand. Am Morgen hatte er sie meistens vergessen. Sollte die Wiederverkörperungslehre auf Wahrheit beruhen?

In seine Gedanken hinein dringt die Stimme des Alten: »Sie ist die Wahrheit.«

Erstaunt blickt Lichtenau auf, doch sein kritischer Verstand wendet ein: »Dann gibt es auch eine Rückverkörperung in das Tierreich, wie die Inder lehren?«

»Nein. Stein-, Pflanzen-, Tier- und Menschenreich sind streng voneinander getrennt. Das Tier hat eine jüngere Seele, die andere Wandlungen durchläuft. Es kommen tausende von Tierseelen auf eine Menschenseele.«

Der junge Forscher ringt mit Zweifeln. Die ruhige, bestimmte Art des Alten hat etwas Überzeugendes, und er kann sich diesem Eindruck schwer entziehen.

»Ich will dir helfen, dein verlorenes Wissen wiederzufinden, Nabor. Sieh, wie im Kreislauf das Wasser zu Nebel wird und aufsteigt in die Höhen, sich dort zur Wolke bildet und als Regentropfen wieder niederfällt, um ewig und immer wieder diesen Kreislauf fortzusetzen. So setzen auch die Wesen dieser Erde ihrerseits den Kreislauf fort, indem sie entkörpert in das andere Reich gehen und im Samenkorn des Mannes zurückkehren. Nur wenige durchbrechen diesen Kreislauf, weil in ihnen der Geist zum Licht drängt.«

»Das andere Reich. Wo ist dein anderes Reich. Ich habe es noch nicht gesehen.«

»Dein Bewusstsein ist umflort, Nabor. Du hältst dich selbst gefangen in den Vorstellungen dieser Welt. Kehre zu dir selbst zurück. Bringe die fremden Stimmen in dir zum Schweigen und höre die deines eigenen Geistes.«

»Ich mühte mich, Alter. Ich grübelte und sann, aber es ist mir oft, als wäre all diese Mühe vergeblich. Mein Verstand versagt, ich weiß mir dann keinen Rat mehr.« Mit plötzlicher Beredsamkeit drängt es Lichtenau, die letzten Jahre seines Lebens mit dem immerwährenden Auf und Ab der Hoffnungen und Enttäuschungen vor diesem merkwürdigen Menschen auszubreiten.

Still hört der Alte zu. Sein Blick ruht auf dem jungen Mann, der unvermittelt mit einem hoffnungslosen Achselzucken abbricht.

»Der Verstand geht mangels eigenen Leuchtens leicht in die Irre«, lässt sich der Alte vernehmen. »Lebe wie einst, Nabor, frage in allen Dingen den Geist in dir, er ist dein bester Freund. Niemals kannst du den Weg verfehlen, wenn du dich seiner Führung anvertraust.«

»Du meinst die Stimme des Gewissens?«

»Es ist eine Ausstrahlung. Wenn du etwas Falsches tun willst, wirst du merken, dass du unruhig in dir bist. Dann mahnt dich dein Geist. Zwischen Magen und Nabel ist die Seele verankert, daher das Unbehagen, wenn du nicht nach den inneren Gesetzen handelst. Es ist auch ein Warnungssignal. Von hier aus strahlt es aus in Groß- und Kleinhirn und in den Unterleib. Das Gehirn ist der Regulator, der seelisch beeinflusst wird.«

»Welches ist der Unterschied zwischen Geist und Seele?«, will der Forscher wissen.

»Der Geist ist das Wesen an sich, er ist eingehüllt von der Seele, deren äußere Hülle der Körper ist.«

»Wenn dem so ist, so gäbe es also auch eine andere Welt?«

»So ist es. Den Körper gebrauchst du in der Erdenwelt, streifst du ihn ab im körperlichen Tod, bist du in deinem Seelenleib in der Welt der Seelen, dem Dämmerreich. Bist du frei geworden von allen irdischen Bindungen, wirfst du deinen Seelenleib ab und gehst als Geist in die lichte Geistwelt ein. Diese Welten gehören noch zur Aura der Erde.«

»Entspricht diese Aura dem Umfang der magnetischen Kraftfelder der Erde?«

»So ist es. Jeder Planet hat seine Aura, und mit den Auren berühren sie sich und bilden ein Ganzes«, bestätigt der Alte. »Auch der Mensch hat eine Aura«, setzt er hinzu. Auf den fragenden Blick Lichtenaus fährt er fort: »Deine Aura ist die Ausstrahlung deines seelischen Gehaltes und die Ausstrahlung deiner Elektrizität, die du ebenso in dir hast, wie der Erdball sie in sich hat. Deine Elektrizität umgibt dich, und deine seelische Ausstrahlung wird durch sie verstärkt. Wenn sie so stark wirkt, dass der elektrische Ring zerreißt, der dich einhüllt, so wird es sein, als gingest du in ein dunkles Zimmer, wo du nichts erkennen kannst, machst plötzlich Licht und siehst alle die Gegenstände, die um dich sind. So wird eines Tages auch dein elektrischer Ring, der dich umgibt, in die Finsternis leuchten, in der du dich heute noch befindest.« Lichtenau hört betroffen zu. Er erinnert sich des matten Scheins, der die hohe Gestalt des Alten umfloss und ihm so den Weg erhellte, als sie gemeinsam den dunklen Gang durchschritten. Dabei kommt ihm der Gedanke, dass schon geraume Zeit vergangen sein müsste. Er sieht auf seine Uhr. Sie ist stehen geblieben. Etwas missmutig schaut er wieder auf. Den Mund des Alten umspielt ein feines Lächeln.

»Deine Uhr kann die Atmosphäre dieses Raumes nicht ertragen. Bekümmere dich nicht darum, Nabor. Hier gilt die Zeit nichts. Du bist in das Zeitlose des Kosmos hinausgetreten und wirst erst in deine Menschenwelt zurückkehren, wenn deine Einweihung vollzogen ist.«

»Aber Paolo wird mich suchen«, begehrt Lichtenau auf.

»Lass ihn suchen, er hat viel an dir gutzumachen«, ist die rätselhafte Antwort.

Lichtenau versinkt in schwere Gedanken. Ein leises Misstrauen ist wieder in ihm wach geworden. Er befindet sich in der Gewalt des Alten, und dieser will ihn anscheinend noch längere Zeit hier behalten.

»Warum quälst du dich, Nabor. Du bist mein Gast und genießt meinen Schutz, in den du dich freiwillig begeben hast?«

Dann sagt der Alte: »Doch jetzt ist es an der Zeit, dass dein Körper ruht.«

Lichtenau nickt. Er empfindet plötzlich schwere Müdigkeit. Nur mit Mühe erhebt er sich und legt sich auf ein Ruhebett, das ihm der Alte anweist. In wenigen Augenblicken ist er in tiefen Schlaf verfallen.

Auch der Alte schließt die Augen, das Gesicht erstarrt zu einem Mumienantlitz. Stille herrscht im Raum, nur die Atemzüge Lichtenaus sind hörbar.

Lichtenau träumt. Er sieht vor sich den Alten. Noch größer als in Wirklichkeit steht er vor ihm. Ihn umfließt ein weites weißes Gewand, auf dem Kopf trägt er einen erhöhten Kopfputz, von dem ein weißes Tuch auf die Schultern fällt. Das Gesicht ist das eines alten Mannes, von schlohweißem Bart umrahmt. Die Traumgestalt redet auf ihn ein in einer unverständlichen Sprache. Sie scheint ihm Vorwürfe zu machen. Er wehrt sich dagegen. Da verändert sich das Gesicht, es wird hart und streng, die Augen schleudern Blitze. Immer näher kommt das drohende

Gesicht. Lichtenau stöhnt im Schlaf. Wieder wandelt sich das Gesicht, es ist das des Alten. Einen demütigen Ausdruck zeigt es jetzt, der durch eine bittende Gebärde der Hände unterstrichen wird. Lichtenau wacht auf, eine vage Erinnerung an sein Traumerleben hält ihn noch eine Weile gefangen, dann nimmt er erstaunt seine Umgebung wahr. Er richtet sich auf und blickt um sich. Die Erinnerung kehrt zurück. Sein Blick sucht den Alten. Vergebens. Er ist allein. Mit einem Sprung ist er auf den Füßen. Was hat das zu bedeuten? Er geht auf den schweren Vorhang zu und schlägt ihn zurück. Vor ihm steht der Alte. In den Händen hält er eine große Schale. Überrascht erblickt Lichtenau auf Backwerk und Früchte aller Art. Der Alte stellt die Schale auf einen Tisch. Auch für ein frisches Getränk sorgt er: »Iss und trink, Lukomane«, fordert er Lichtenau auf. Vorsichtig greift der Forscher zu. Der Wohlgeschmack des Gebotenen lässt ihn bald alle Vorsicht vergessen. Er isst mit gutem Appetit. Still beobachtet ihn der Alte.

»Warum isst du nichts, Alter?«, fragt Lichtenau aufmerksam werdend. »Ich bedarf keiner irdischen Speise mehr.«

»Wie ist das möglich?«, fragt Lichtenau verblüfft.

»Die Lichtkraft Elohims erhält meine Hülle«, antwortet der Alte ruhig.

Das ist undenkbar, er ist doch offenbar ein Mensch mit Fleisch und Blut. Zwar hat Lichtenau über Indiens Yogis gelesen, die in den Höhlen des Himalaya leben sollen und angeblich Jahrhunderte ihren Körper ohne Nahrungsaufnahme erhalten, aber er hat es sofort in das Reich der Fantasie verwiesen. Sollte der Alte die Wahrheit sprechen?

»Weißt du nicht mehr, Nabor, dass du ein Geistfunke Elohims, des Allvaters, bist?«

Lichtenau findet keine Antwort. Der Alte fährt fort: »Dieser Geist ist eingehüllt in einen elektro-magnetischen Körper, der deinem äußeren Leib gleicht. Wirst du eins mit deinem Innengeist, so überflutet sein Licht alle Reiche deiner Seele und dringt in alle Zellen deiner äußeren Hülle. Hat der Ewige in dir seine Herrschaft angetreten, wirst du niemals wieder Hunger und Durst oder Kälte und Müdigkeit empfinden.« Das Gesicht des Alten nimmt einen verklärten Ausdruck an, es verjüngt sich zusehends, aus den Augen bricht eine Lichtflut, seine Gestalt scheint aufzuleuchten. Fassungslos starrt ihn Lichtenau an. Der Alte ist eingehüllt in eine lichte Wolke, aus der flammenförmige Lichtstrahlen nach allen Seiten züngeln. Das Licht umschließt jetzt auch Lichtenau. Plötzlich spürt er keine Schwere mehr. Ein ungeheures Glücksgefühl schwingt in ihm auf – unverwandt blickt er in die leuchtenden Augen – er ist losgelöst von seinem Ich und gibt sich ganz der Ausstrahlung dieses seltsamen Menschen hin. Alle Wünsche schweigen – kein Gedanke stört – kaum nimmt er den Atem wahr. Da verändert sich das Gesicht seines Gastgebers wieder. Es nimmt seinen gewöhnlichen Ausdruck an. Auch das Leuchten verschwindet, nur die Augen zeigen noch den entrückten Glanz. Leise klingt die Stimme auf: »Erkennst du, Nabor, was du verloren hast, als du dich abwandtest von Elohim und ihm und dir selbst untreu wurdest?«

Lichtenau schweigt. Er ist völlig benommen von dem Erleben.

»Glaubst du mir jetzt, Nabor?«

Lichtenau nickt stumm.

»Dein Drang nach Wissen trieb dich durch diese Erdenwelt. Überall forschtest du und fandest nicht mehr als andere vor dir.« Lichtenau nickt wieder. Sein Gesicht nimmt einen bekümmerten Ausdruck an.

»Wisse, Nabor, das äußere Verlangen nach diesem Wissen war nur die innere Sehnsucht, eingegeben von deinem Innengeist, der heimkehren möchte in die lichte Welt seines Ursprungs.

Oft schon begegnete ich dir auf den Wegen dieser Welt, doch du hast mich nicht erkannt. Dein inneres Auge war geschlossen. Auch in deinem jetzigen Leben weilte ich oft um dich, unsichtbar deinen irdischen Augen, und Lehuana half mir, den Wissensdurst in dir zu entzünden und zu immer stärkerer Inbrunst anzufachen.«

»Lehuana?«, wiederholt Lichtenau fragend.

»Die Lukomanin des Raya-Reiches gab dir als Nabor die irdische Hülle, und sie gab sie dir auch in deinem jetzigen Leben.«

»So ist sie meine Mutter gewesen?«, ruft Lichtenau bestürzt aus.

»Du sagst es. Sie ist hier. Schließe deine Augen und mache dich frei von allen Gedanken, so wirst du sie erkennen und ihre Stimme hören.«

Eine übernatürliche Stille breitet sich aus. Lichtenau schließt die Augen und es ist ihm, als sähe er neben dem Alten eine lichte Gestalt, die, gleichfalls von einer leuchtenden Aura eingehüllt, vor ihm steht. Zuerst vermag er in dem Leuchten nichts Näheres zu erkennen. Dann formen sich Konturen, und er sieht seine Mutter. Liebe und Güte strahlen ihn an. Da hört er ihre Stimme: »Erik, vertraue Huatami. Deinetwegen blieb er zurück im Erdenreich. Er will dich zurückführen, weil er dich einst verstieß.« Die Gestalt nähert sich Lichtenau. Eine helle Hand streichelt leicht über sein Haupt. Lichtenau fühlt es wie lauer Sommerwind. Da verblasst die Gestalt, nur das Leuchten bleibt noch, bis auch dieses allmählich erlischt. Der junge Forscher ist zutiefst erschüttert. Er öffnet die Augen. Lange Zeit schweigen beide Männer. Kein Wort trübt den Eindruck der außergewöhnlichen Begegnung.

Nach einer Weile erhebt sich der Alte und geht in den hinteren Teil des Gemaches, dann tritt er wieder zu Lichtenau. Er reicht ihm einen breiten Goldring, auf dem, ovalförmig geschliffen, ein großer Rubin funkelt. »Nimm ihn, Nabor«, sagt er. »Stecke ihn auf den Zeigefinger deiner rechten Hand. Es ist ein Königsring. Nur die Lukomanen der Atlanter trugen ihn.«

Lichtenau betrachtet interessiert das Kleinod. Es ist eine hervorragende Goldschmiedearbeit. Der große Rubin ist von seltener Schönheit; in ihm ist ein Dreieck eingraviert. Fragend schaut er auf.

»Das Dreieck ist das Symbol des Auges Elohims«, erklärt der Alte, und fortfahrend sagt er: »Die Lukomanen empfingen die innere Einweihung wie die Priester der Atlantis. Sie zählten zu den Erleuchteten, wenn sie es auch nicht immer waren.«

Dem Forscher kommt seine Situation wieder zum Bewusstsein. Vergeblich versucht er mit seinem Verstand all das zu erfassen, was auf ihn eindringt. Ist das alles ein Traum oder ist es Wirklichkeit. Dieser Alte ist ein Mensch – und doch umgeben ihn so viele Rätsel, deren Verständnis über Lichtenaus Begreifen hinausgeht. Wieder ist es, als hätte der Alte in der Seele des jungen Mannes gelesen. Er sagt: »Grüble nicht, Nabor. Dein Bewusstsein ist noch eng, es wird begrenzt von deinen fünf Sinnen. Gingest du durch die Schule der Einweihung, könntest du dein Bewusstsein weiten. Deine inneren Sinne würden geweckt, und du könntest mit ihnen die anderen Reiche erkennen und erschauen. Aber dieser Weg ist nicht einfach, er erfordert Zeit und deine völlige Hingabe. Du erlebtest Lehuana, weil meine Kraft dich zeitweilig heraushob aus seiner Enge. Nun sollst du dein Leben als Nabor schauen, aber ich werde nichts dazu tun, damit du nicht später in den Irrwahn verfällst, ich hätte Dir die Bilder eingegeben.«

»Aber ich beherrsche doch gar nicht die Praxis der inneren Schau«, wendet Lichtenau ein.

»Ich werde dir ein Mittel geben, das dich aus deiner Erdgebundenheit löst. Du wirst hinausgehoben werden über alle Begriffe von Zeit und Raum.«

»Was ist das? Peyotl? Ich spürte seine Wirkung schon, doch weiß ich nichts Genaueres über seine Herkunft.«

Der Alte schüttelt den Kopf. »Nein, nicht Peyotl«, sagt er und fährt fort: »Peyotl ist der Saft des stachellosen Kaktus. Die alten Maya, die Nachkommen atlantischer Siedler aus dem Maya-Reiche, eines der zwölf Reiche des atlantischen Großreiches, die sich mit der Urbevölkerung mischten, haben das Wissen um diese Dinge weitergegeben. Damals zog das Volk dieses Landes hinaus, um in großen Prozessionen das ›Gottesfleisch‹, wie sie es nannten, heimzuholen. Feierlich wurde es in die Tempel getragen und für die großen Feste aufbewahrt. Doch Peyotl öffnet dir nur für kurze Zeit das innere Auge, und deine Sicht ist begrenzt. Was ich dir gebe, ist Sinikuiki. Es trägt dich hinweg über lange Zeiten, es überbrückt Jahrtausende. Du wirst in Hüllen steigen, die du einst getragen hast. Du wirst Leid und Freude fühlen und Zusammenhänge finden, die dir sonst niemals mehr zuteil werden. Doch bedenke, nicht nur wissen sollst du das, sondern leben, danach leben sollst du. Die Geschehnisse jener Tage, wenn sie dir klar werden, sollen dir den Lebensweg erleuchten.«

Durch Lichtenaus Gehirn schwirren tausend Gedanken. Was hat der Alte mit ihm vor. Will er ein Experiment mit ihm machen. Will er ihn wirklich zurückführen durch Jahrtausende. Lohnt es sich für ihn, diesen Versuch zu unternehmen. War das der Moment, von dem er oft geträumt hat? Und wenn er nicht mehr erwachte, was dann? Ein wehmütiges Lächeln umspielt seinen

Mund. Gibt es jemanden, der um ihn weinte? Gibt es einen, der ihn vermisst? Es gibt keinen.

»Gib, Alter«, sagt er und schaut ihm voll ins Gesicht. Dieser hat die ganze Zeit vor ihm gestanden. Keine Regung war ihm entgangen.

»Trink, Nabor. Habe keine Angst. Du wirst wieder erwachen. Du wirst nur den Weg nochmals durchwandeln, den du schon einmal gingst.«

Er lässt einige Tropfen in die vor ihm stehende Achat-Schale fallen. Interessiert sieht Lichtenau zu. »Bleibst du bei mir, Alter?«

»Ich bleibe in deiner Nähe und beschütze dich. Kein dunkles Wesen kann dir nahen. Sei ohne Furcht. Denke konzentriert den Namen – Nabor – und du wirst es sein.«

Der Alte vollführt über Lichtenau ein segnendes Zeichen. Wieder empfindet er die übernatürliche Stille. Ein Weilchen sitzt er unbeweglich. Diese Stille hüllt ihn ein wie ein schützender Mantel. Dann greift er nach der Schale und trinkt. Augenblicklich weicht alle Schwere von ihm. Er scheint zu schweben – ein leiser Ruck – er beginnt ins Wesenlose zu gleiten. Die Wände des Gemaches verschwimmen in einem hellen Licht.

Weite Fensteröffnungen, von geschwungenen Säulen umrahmt, geben den Blick frei in einen weiten Säulenhof, der in Sonnenglanz getaucht ist. Der Vorhang bewegt sich. Ein hochgewachsener Mann, in ein langes rotes Seidengewand gekleidet, tritt herein. Er legt die rechte Hand auf sein Herz und verneigt sich tief.

»Wer bist du?«

Ein lichtes Erstaunen zeigt sich im Gesicht des Angeredeten, dann erwidert er: »Ekloh, dein Kämmerer, Herr.«

Leicht streift sich Nabor über die Stirn: »Ich träumte, Ekloh.«

»Der Palastherr Mamya ist in der Halle, Herr. Er will dich zum Tempel geleiten. Die Lukomanin Maya wartet deiner.« Nabor erhebt sich. Er sieht an sich herab. Irgendwie kommt er sich fremd vor in dem Prunkgewand, das ihn einhüllt. Da vermisst er den Ring. Suchend sieht er sich um.

»Was suchst du, Herr?«, fragt der Kämmerer.

»Den Ring mit dem großen Rubin. Ich trug ihn – – –?«

Ekloh betrachtet lächelnd seinen jungen Herrn. »Du bist noch in deinem Traum befangen, Herr. Der Königsring schmückt erst den Gemahl der Lukomanin.«

Nabor nickt. Sein Blick ist noch traumverloren. Die Rechte wischt über die Augen. Er richtet sich zu seiner ganzen Größe auf und schüttelt die blonden Haare aus der Stirn. Ein Wink, der Kämmerer geht. Wieder schiebt sich der Vorhang beiseite, der Palastherr steht vor ihm.

»Sei gegrüßt, Nabor, Sohn Ebors, des großen Lukomanen des Raya-Reiches. Meine Herrin, die Lukomanin der Maya, entbietet dir feierlichen Gruß. Sie erwartet dich im Tempel Elohims, um vor seinem Angesicht sich mit dir zu vereinen.« Nach tiefer Verneigung fährt Mamya fort: »Sechs Königssöhne werden dich nach altem Brauch zum Tempel geleiten.« Langsamen Schrittes verlässt Nabor das Gemach. Frohe Zurufe der Königssöhne begrüßen ihn in der Halle. Das Wiedersehen mit ihnen und ihre ehrliche Freude löst Nabor. Mit warmer Herzlichkeit schüttelt er ihnen die Hände. Jetzt tritt der spottlustige Arel von Baya vor und hält ihm eine launig feierliche Ansprache: »Großmächtiger Herr und Gebieter der schönen Maya und ihres Reiches. In Ehrerbietung neigen sich unsere bekümmerten Häupter, dass du es vermochtest, dich aus unseren Freundesarmen zu lösen, um einem Weibe anzuhangen. Oh, glaube nicht, dass wir dir zürnen, doch wisse, Verwegener, du gehst einen gefährlichen Weg, denn leichter ist es, ein wildes Ross zu bändigen, als eines schönen Weibes launisches Herz.«

Nabor lacht hell auf. »Keine Sorge, Gefährte meiner Jugend, immer wird euch Ebors Sohn die Treue halten, die ihr ihm bezeugt«, und mit leiserer, etwas befangener Stimme fügt er hinzu: »Auch Maya, deren stolzes Herz mich erkor, wird euch ehren als meine Freunde.« Hin und her fliegen die Scherzworte. Nabor wehrt sich, so gut es geht, da kommt ihm der Palastherr zu Hilfe.

»Es ist hoch an der Zeit, Herr. Soeben verkünden die Wächter auf den Türmen der Sonne höchsten Stand. Die Herrscher Eya-Eyas sind im Tempel versammelt.« Von draußen dringt der Klang der Hörner herein.

Nabor nickt mit ernst gewordenem Gesicht. Ein Ahnen überkommt ihn, dass die Macht und der Glanz, die ihm zufallen werden, das Ende seiner sorglos unbekümmerten Jugend bedeutet. Wie schön war das Leben im Königspalast in Rayagard. Mit seinem Bruder und den Freunden tollte er umher. Er lernte die feurigsten Pferde reiten, er jagte mit dem Viergespann durch die Arena, umjubelt vom Volk. Er saß zu Füßen der geliebten Mutter Lehuana, deren Liebling er war, wenn die Königsbarke, von Ruderern bewegt, auf verzweigten Kanälen durch die wundervolle Landschaft zog. Wie schön war doch die Heimat. Orangen-, Kastanien- und dunkelgrüne Olivenwälder wechselten mit weiten Wiesenflächen in vierfarbigem Blumenschmuck. Tiere aller Art weideten friedlich und gemächlich. Und nun soll er König werden an der Seite der schönsten Frau, die je auf einem Thron

Eya-Eyas gesessen hat – Maya, der Erbin des Maya-Reiches. Öfters sah er sie in Begleitung ihres Vaters, des alten Lukomanen Petyu. Sein Vater Ebor und Petyu waren gute Freunde gewesen. Sie hatten immer eng zusammengehalten, hatten Freud und Leid ihres Lebens miteinander getragen. Wie nahe war dem Vater der Tod des einzigen Sohnes des Freundes gegangen, der bei einem Wagenrennen stürzte und den Verletzungen erlag. Dem alten Petyu brach dieser Tod das Herz; er überwand den Schicksalsschlag nicht. Auch die Sorge um die Zukunft seines Reiches hatte ihn gequält. Wohl hatte er die wundervolle Tochter, die, mit fast männlichem Vermögen und entschlossener Tatkraft, den Müdegewordenen unterstützte. Aber er hatte gewusst, weder der Priesterkönig – der Loki – noch die anderen Könige würden die Herrschaft einer Frau im Maya-Reich zulassen, und so hatte er seinen Freund Ebor um dessen zweiten Sohn Nabor als zukünftigen Gemahl seiner Tochter gebeten. Trotz der Warnungen Lehuanas, die in der Verbindung ihres Lieblingssohnes mit der selbstbewussten Maya-Tochter eine Gefahr sah, hatte er Ebors Zustimmung erhalten. Auf seinem Sterbebett nahm Petyu der Tochter das Versprechen ab, Nabor als Gemahl anzunehmen und ihm die königliche Macht zu übergeben. Wohl hatte es Maya versprochen, doch ihr Selbstbewusstsein lehnte sich auf. Sie wollte allein Herrin des Reiches sein. Durch Gesandte und reiche Geschenke hatte sie versucht, die anderen Könige ihrem Plan geneigt zu machen, doch überall war sie auf freundlich erstaunte Ablehnung gestoßen. Seit den Tagen der ersten zwölf Könige hatten nur Männer die Geschicke Eya-Eyas gelenkt. Der Gedanke, dass ein junges Weib, auf ihr Geburtsrecht pochend, sich anmaßte, den Thron der Maya zu besteigen, war ihnen lächerlich und unmöglich erschienen. Doch die stolze Maya hatte sich nicht zufrieden gegeben. Durch einen ihr ergebenen Priester hatte sie es beim Loki versucht. Die Antwort war von lakonischer Kürze gewesen und hatte einem Befehl geglichen: »Du hast einem Sterbenden einen Eid geschworen. Du wirst diesen Eid halten und Nabor, den Sohn des Ebor, zum Lukomanen des Maya-Reiches annehmen. Brichst du den heiligen Eid, wird Nabor Herrscher des Landes und du wirst den Amazonen eingereiht. Das ist mein Wille. Gehorche oder die Tage deines Glanzes sind gezählt.«

Für jeden anderen Menschen auf Atlantis wäre diese Antwort des allmächtigen Loki niederschmetternd gewesen. Maya verhärtete sie nur in ihrem Trotz. Unaufgefordert war sie mit glänzendem Gefolge zu dem jährlichen Zusammentreffen der Könige mit dem Priesterkönig in Bayagard, der Hauptstadt des Baya-Reiches, erschienen. Sie wollte an dieser Zusammenkunft, die in der Nacht der Tag- und Nachtgleiche im Tempel stattfand und auf der die Könige die Richtlinien des Loki für das kommende Jahr empfingen, als vollberechtigte Vertreterin ihres Reiches teilnehmen. Doch der Priesterkönig hatte ihr den Zutritt verweigert. Er begegnete ihr mit eisiger Kälte und forderte nochmals die Einlösung des Eides. In rasender Wut war Maya zurückgejagt. Sie wollte nicht nachgeben. Erst die ernsten Vorhaltungen ihrer erfahrenen Palastherren hatten sie endlich bewogen, dem Lukomanen Ebor eine schmeichlerische Botschaft zu übersenden, worin sie ihre Bereitschaft zu einer Vereinigung mit seinem Sohn Nabor bekundete.

Nun ist der Tag der Vermählung gekommen. Mit seinen Eltern ist Nabor in Mayagard eingetroffen. Alle Großen Eya-Eyas sind mit ihren Frauen und Gefolgsleuten gekommen. Nur der Loki fehlt. Er verlässt niemals die Tempelburg in Bayagard. Er hat den Oberpriester Tenupo gesandt, der die beiden Königskinder zusammengeben und ihnen seinen Segen übermitteln soll.

Alles ist froh, dass ein ernstes Vorgehen gegen die unbotmäßige Maya-Tochter durch ihre Umkehr vermieden werden konnte. So ist dieser Hochzeitstag ein Freudentag für ganz Eya-Eya.

Das alles geht Nabor durch den Kopf. Er hört wieder die Worte der besorgten Mutter: »Bleibe, der du bist, mein Sohn. Beherrsche dich und halte dich rein. Meide den Wein und versuche, deinem Weib ein guter Freund zu sein.«

Die Gesellschaft in der weiten Halle ist still geworden. Alles blickt auf Nabor. Arel von Baya hält es nicht länger. »Er träumt wieder, unser großer Nabor.« Ziemlich derb schlägt er dem Freund auf die Schulter. Brüsk aus seinem Sinnen gerissen, schaut sich Nabor wie fremd im Kreis um. Schallendes Gelächter hallt ihm von allen Seiten entgegen. Er fasst sich, winkt dem Palastherrn Mamya und verlässt, gefolgt von den anderen, die Halle. Vor der breiten Treppe des Palastes warten die Viergespanne. Nur mit Mühe können die sehnigen Rosslenker die Pferde halten, die ungeduldig an den Leinen zerren.

Ein einziger Jubelschrei der harrenden Menge brandet Nabor entgegen. Die Sonne steht im Zenit, sie vergoldet mit ihrem Glanz das wunderschöne Bild, das sich ihm darbietet. Ihre Strahlen brechen sich in den großen Türkisen und Saphiren, die, an den Außenwänden der marmornen Paläste und Häuser angebracht, wahre Strahlenbündel nach allen Seiten senden. Auf den Türmen der Paläste blasen die Hörner, dazwischen erklingen von den Dächern der Häuser die feinen Töne der Windharfen wie Sphärenmusik. Die breiten Straßen, von Palmen umsäumt, sind bedeckt mit einem Blumenteppich, und ein wahrer Regen von Blumen erlesener Schönheit ergießt sich über die langsam fahrenden Viergespanne.

Nabor ist glücklich. Die trüben Gedanken sind wie fortgeweht, seine Jugend bricht durch. Froh winkt er nach allen Seiten, fängt

Blumen auf und wirft sie zurück, jedes Mal einen tosenden Jubel auslösend.

Der Zug hält vor dem Tempel. Ein mächtiger Rundbau, ebenfalls aus weißem Marmor erstellt. Vier schlanke Türme ragen an den Seiten in die Höhe. Um den Tempel erheben sich in überlebensgroßen Figuren die Statuen der ersten zwölf Königspaare. Mit Dächern aus massiven Goldplatten und Edelsteinverzierungen an den Wänden funkelt und gleist er im Sonnenlicht.

Weit sind die großen Tore zum Vorhof geöffnet. Auf den Stufen der breiten Freitreppe stehen zu beiden Seiten Priester und Priesterinnen in ihren langen Seidengewändern. Ein goldener Stirnreif, in der Mitte mit einem vierzackigen Stern – dem Zeichen des Lichtes – verziert, hält das Kopftuch, das in Falten auf die Schultern fließt.

Auf der Treppe stehend, dankt Nabor nochmals für die Huldigungen der Menge. Leicht zögernden Schrittes betritt er den Vorhof und steht einer festlichen Versammlung gegenüber. Die Lukomanen in vielfarbigen, edelsteinbesäten Gewändern, die Frauen oft in durchsichtigem, silberdurchwirktem Schleierstoff, der das herrliche Ebenmaß ihrer Glieder mehr enthüllt als verhüllt. Kostbares Geschmeide an Haupt, Händen und Armen, manch schlanker Knöchel von goldenem Fußring umschlossen, aufblitzend im Reichtum der Juwelen. Dazu das Gefolge der Palastherren, Kämmerer und Frauen in ihrem Festschmuck. Weiß gekleidete, blumenbekränzte Knaben und Mädchen stehen bereit, die uralten Hymnen zum Preise Elohims ertönen zu lassen. Dahinter die Flöten- und Schalmeienbläser, die Harfen- und Cymbelspieler, die Hornbläser und an der einen Wand ein orgelartiges Instrument mit wenigen großen goldenen Flöten, das der atlantischen Musik die verbindende Note gibt.

Nabor tritt auf seine Eltern zu. Der alte Lukomane Ebor zieht den Sohn bewegt in seine Arme, die Mutter haucht einen Kuss auf die Stirn ihres Lieblings. Den Lukomanen erweist Nabor die schuldige Ehrerbietung. Die Rechte auf das Herz gelegt, der gebräuchliche Gruß, verneigt er sich vor ihnen.

Schwer seidene Vorhänge, die den Innenraum des Tempels abschließen, öffnen sich. Betäubender Ambra-Duft breitet sich aus. Junge Priester bilden eine Gasse. Feierliche Musik klingt auf. Nabor zieht mit den Königssöhnen in den inneren Tempel ein.

Der hohe, weite Raum ist in der Mitte durch Vorhänge geteilt. Weiche Teppiche, in denen der Fuß versinkt, bedecken den Marmorboden. Dämmriges Licht fällt von oben herein. Ein mystisches Halbdunkel herrscht, in dem nur die weißen Gewänder der Priester leuchten. An den Seiten glimmen Holzfeuer auf den Schalen goldener Dreifüße, die zeitweilig aufglühen, wenn von Priesterhand Räucherwerk zum Verbrennen gebracht wird.

Unschlüssig und etwas beklommen bleibt Nabor stehen, seine Begleiter gruppieren sich um ihn.

Der mittlere Vorhang bewegt sich. Ein alter Priester erscheint. Er hebt beide Hände zum Segensgruß, und eine sonore Stimme tönt zu den Wartenden: »Elohim segne deinen Eintritt, Nabor.« Der Alte tritt näher, und Nabor erkennt in ihm den Oberpriester Tenupo, den Gesandten des Loki. Voller Ehrfurcht neigt er sich vor dem würdigen Greis. Ein weißer Bart umrahmt das Gesicht, aus dem gütige Augen dem jungen Mann Mut zusprechen.

Wieder hebt Tenupo die Hände und lässt sie an Nabor herabgleiten. Dieser fühlt sich eingehüllt in einen wärmenden Kraftstrom, der ihn zu tragen scheint. Dreimal vollführt der Priester die Gebärde, wobei seine Lippen kaum hörbar murmeln: »Das Licht Elohims erfülle dich! Das Licht Elohims hülle dich ein!«

Die Unterpriester schüren die Holzfeuer auf den Dreifüßen. Dichte Wolken von Ambra-Duft steigen auf. Der würzige Hauch nimmt Nabor fast den Atem.

Der Greis tritt zurück. Auf seinen Wink schließen die Unterpriester die Vorhänge zum Vorhof.

»Hüllt ihn in den Königsmantel«, wendet sich Tenupo an die Königssöhne. Zwei Unterpriester reichen ihnen einen weiten azurblauen Seidenmantel, auf dessen Kantenverzierungen Rubine ihr rotes Licht auffunkeln lassen. Zwei Königssöhne legen Nabor den Mantel um die Schultern.

»Neige das Haupt, Nabor, und empfange den Königsschmuck«, gebietet der Greis.

Zwei andere Königssöhne legen das dreifach gefaltete Königstuch um Nabors Kopf und befestigen es mit einem Mosaikband aus Rubinen und Türkisen.

Die Musik im Vorhof schwillt an, jubelnde Harmonien beginnen zu klingen, die Chöre setzen ein und eine Hymne rauscht auf.

Das höchste Symbol des Lukomanen – der Königsring – wird auf einer goldenen Platte gebracht und Tenupo überreicht. Es ist ein breiter, schwerer Goldring, auf dem ein Rubin so groß wie ein Vogelei befestigt ist. Den Ring in der Linken, tritt der Greis auf Nabor zu.

Feierliche Stille herrscht, auch die Musik ist verstummt. Die Anwesenden halten den Atem an, denn der große Augenblick ist gekommen – die Erhebung Nabors zum Lukomanen.

Die Stimme Tenupos erfüllt den Raum:

»Nabor, Elohim gibt Maya, des Petyu Tochter, in deine Hand. Elohim erhebt dich zum Herrscher der Maya und reiht dich ein zu seinen ersten Dienern. Versprich in deinem Herzen, die Gebote zu achten, damit du dich dieser großen Gnade würdig erweisest.«

»Ich verspreche es«, fast tonlos kommt die Antwort.

»So reiche mir die Hand.« Die magere Hand des Greises umschließt Nabors Rechte mit festem Druck. Tenupos Augen strahlen auf. Sein Blick ist durchdringend – lange Minuten verstreichen – atemlose Stille schwingt durch die Tempelhalle. Ruhig erträgt der junge Mann den forschenden, zwingenden Blick. Nun zieht Tenupo Nabors Haupt zu sich und küsst ihn auf die Stirn. Dann steckt er ihm den Königsring auf den Zeigefinger der rechten Hand.

»Dein Herz ist rein, Nabor. Dein Gelübde ist gehört und angenommen. Wandele stets auf den Wegen Elohims. Er wird dich erleuchten und du wirst sein Licht schauen. So wird das Dreieck auf deinem Königsring von einem äußeren Symbol zur einer inneren Wahrheit werden.«

Nabor ist überwältigt, mühsam ringt er um Fassung. Zu viel ist auf ihn eingestürzt in den letzten Tagen, die sein Schicksal so umwälzend wandelten.

Wieder klingt herrlicher Chorgesang im Vorhof auf. Posaunen und Schalmeien fallen ein.

Tenupos Blick umfasst noch einmal den jungen Herrscher. Er empfindet die Erschütterung Nabors und nimmt sich vor, ihn an sich zu ziehen und ihm zu helfen, sein Amt durchzuführen. Dann wendet er sich dem mittleren Vorhang zu. Sofort wird dieser von Unterpriestern auseinandergezogen.

Vor ihnen steht Maya, angetan mit dem gleichen Königsmantel, umgeben von Königstöchtern und Priesterinnen. In stolzer Schönheit steht sie da. Ihr rotblondes Haar ist ihre Krone, in dem eine einzige Perle ruht. Ihre großen, grün schillernden Augen erinnern an das Meer.

Nabor ist versunken in diesen wundervollen Anblick. Wie eine

Göttin erscheint sie ihm. Unwillkürlich macht er einen Schritt auf sie zu. Mayas Blick trifft den seinigen. Tiefe Bewunderung leuchtet ihr entgegen. Da löst sich in ihr letzte Härte. Mit innerem Widerwillen hat sie den Tempel betreten, stumm alle Zeremonien über sich ergehen lassen. Dieser Tag erschien ihr als letzte Besiegelung ihrer Niederlage. Ihr Stolz ist aufs Tiefste verletzt, mühsam hat sie sich zu einem Lächeln gezwungen. In allen Augen sieht sie Hohn.

Immer wieder hat ihr Vertrauter, der Palastherr Mamya, sie beruhigt, wenn sie in ihren prunkvollen Gemächern ihrer ohnmächtigen Erbitterung freien Lauf ließ. »Nabor ist ein Träumer, Herrin. Es wird dir leicht fallen, ihn dir gefügig zu machen. Du wirst wie bisher herrschen, und der hübsche Junge wird dir dankbar sein, wenn du ihm die Last abnimmst. Er erkannte noch keine Frau. Du wirst die Erste sein. Er wird dich anbeten. Sei klug, Herrin, und nutze deine Schönheit.« Und nun steht Nabor vor ihr, in königliche Pracht gehüllt. Sein Gesicht ist freudig erregt, seine Augen sprechen klar und eindeutig. Wärme und Bewunderung wallen ihr entgegen und hüllen sie ein. Wie schön er ist – geht es ihr durch den Kopf. Ich glaube, ich könnte ihn lieben.

Lange stehen die beiden Menschen im gegenseitigen Anblick versunken. Da tritt Tenupo hinzu, er nimmt ihre Hände und legt sie zusammen. Und er enthüllt ihnen ein letztes Geheimnis: »Vereint euch wieder, die ihr schon einmal ein langes Menschenleben, in Liebe und Treue verbunden zum Wohle vieler, euren Weg gingt. Gedenket immer dieser heiligen Stunde, wo euch die Gnade Elohims wieder zusammengibt. Löscht aus in euren Herzen das Ich, lebet im Du, so wird euer Weg überstrahlt sein vom Glanze des Lichtes. Der Segen Elohims sei mit euch auf allen euren Wegen.«

Nabors gläubiges Herz nimmt die Worte des Greises willig in sich auf, auch Maya kann sich ihrem Eindruck nicht entziehen. Ein weiches Lächeln verklärt das schöne, stolze Gesicht. In ihr blüht ein wärmendes Gefühl auf. Beglückt bemerkt Nabor die Veränderung.

»Maya«, stammelt er. »Maya, mein Weib.« Er zieht sie an sich, und zum ersten Male berühren sich ihre Lippen.

Tenupo hält segnend seine Hände über ihren Häuptern. Große Güte leuchtet in seinem Gesicht.

Über Mayas Antlitz schlägt eine Glutwelle. Befangen blickt sie auf, doch dann fühlt sie die Hand des Gemahls, das gibt ihr die Sicherheit zurück. Die Vorhänge zum Vorhof öffnen sich. Hinter den anderen Königskindern und gefolgt von Tenupo sowie den Priestern und Priesterinnen verlässt das Paar den inneren Tempel. Im Vorhof empfangen sie die Segenswünsche der Eltern, der Edlen von Atlantis und der anderen Gäste.

Umrauscht von den Klängen jubelnder Harmonien, mit denen sich Chorgesang zu seltenem Wohlklang verbindet, treten Nabor und Maya durch das Tempeltor. Geblendet vom Glanz der atlantischen Sonne schließen sie beide einen Augenblick lang die Augen. Orkanartiger Jubel der wartenden Menge schlägt ihnen entgegen und vermischt sich mit den Klängen der Hörner. Langsam schreiten sie die große Freitreppe hinab.

Auf dem Tempelvorplatz angekommen, wendet sich Nabor zurück. Im weit geöffneten Tempeltor steht der greise Tenupo, die Arme zum Segensgruß erhoben. Nabor lässt Mayas Hand los und erwidert den Gruß. In der Lukomanin will Unmut aufkommen. Sie liebt die Priester nicht und wehrt sich innerlich gegen ihren Einfluss, doch der Augenblick siegt.

Stolz, hochaufgerichtet und schlank ziehen sie durch die Straßen, vor ihnen Blumen streuende Kinder, umtost von der Freude des Volkes, bis zu ihrem Palast. Dort findet das Königsmahl statt. Tagelang umrauschen Festlichkeiten das junge Paar, so dass sie wenig zueinander kommen. Für Nabor sind diese Tage wie ein unwirklich schöner Traum. Auch Maya ist glücklich; sie scheint völlig gelöst. Ihr Gemahl weicht ihr kaum von der Seite und ist immer bemüht, sie in den Mittelpunkt zu stellen, während er sich selbst zurückhält.

Das Glück ihres Lieblings hat auch Lehuanas Bedenken abzuschwächen vermocht, so fällt der Abschied von Maya herzlicher aus.

Die Sonne strahlt auf die goldenen Dächer Mayagards und lässt sie erglänzen wie Miniatursonnen.

Draußen brandet das Meer an die Ufer, dazwischen drängt sich eine Blütenfülle paradiesischer Pracht. Magnolienbäume schütteln ihre Blüten ab und besäen die weiten Wiesen mit ihren weißen weichen Blättern wie einen Teppich.

Maya, die junge Lukomanin, schreitet leicht beschwingt darüber. Sie tänzelt mehr, als sie geht. Glück ist in ihren Augen. »Nun brauche ich nicht mehr feierlich zu schreiten«, lächelt sie in sich hinein. »Nabor muss es tun. Auf Nabors Schultern ruht die Last.« Etwas verdunkeln sich ihre Augen, dann tänzelt sie weiter. Ein kleiner Affe springt ihr beinahe über die Füße, dann bleibt er sitzen und bewirft sie mit einer Nuss. Sie beugt sich über ihn und schaut ihm in die listigen Augen. Da springt er mit einem kreischenden Ruf von ihr weg, und sie läuft weiter zum Meer. Steil fällt die Küste ab, schäumend springen die Wogen über einzelne Felssteine, die aus dem Meer hervorragen.

Mayas Fuß stockt plötzlich. Wer sitzt da draußen auf dem großen Fels. Kein Zweifel, es ist Nabor. »Merkwürdig«, sagt sie, »einsam auf einem Fels sitzt Nabor, einsam – –.« Doch die Sonne umspielt ihn, und nun hat er sie erkannt und winkt freudig. Er besteigt seinen Nachen, gibt ihr ein Zeichen und sie läuft weiter an der Küste entlang, wo einer von den vielen Kanälen, welche die atlantische Kunst errichtet hat, in das Meer mündet. Dort erwartet sie ihn. Mit kraftvollen Schlägen rudert er näher. Er trägt ein weißes Gewand ohne Ärmel. Die Armspangen lassen das Spiel seiner Muskeln erkennen.

»Weshalb hast du keinen Knaben mitgenommen?«, ruft sie ihm entgegen.

»Was soll ich mit einem Knaben«, antwortet er, »er hätte mich gestört.«

Das Fahrzeug hält. Sie springt behende hinein, gerade in seine Arme, die sie heftig umfangen.

»Ist die Königin glücklich?«, fragt er, sie festhaltend.

»Sie ist es, Nabor.« Er rudert weiter, der Kanal führt in das Wassertor der Asgard. Da verschwinden sie. Hinter dem Tor erwarten sie die diensttuenden Palastknaben.

Hand in Hand, wie zwei Kinder, betreten sie das Gemach der Lukomanin. Sie treten zu einem Tischchen, und Maya nimmt aus einer Alabasterschale ein holzgeschnitztes Etwas. Sie hält es Nabor hin und fragt: »Was mag das sein? Ich habe es vor einigen Tagen am Strand gefunden, anscheinend wurde es angespült.«

Nabor betrachtet es von allen Seiten, dann sagt er: »Es ist ein holzgeschnitztes Götterbild primitiver Völker. Wirf es fort, Maya. Fremde Götter bringen kein Glück.«

Sie nimmt es ihm wieder ab und betrachtet es aufmerksam. »Ach was, Nabor, es ist doch kein Gott, es ist nur ein Bildnis, vielleicht meldet sich der, dem es gehört.« Sie trägt es zu einem goldenen Schrein, der mit roter Seide ausgefüttert ist und legt es behutsam in eine Ecke.

Nabor sieht ihr kopfschüttelnd zu, aber er wird jeder weiteren Bemerkung enthoben. Die Vorhänge teilen sich, und herein treten zwei Palastknaben mit Schalen voller Früchte jeder Art. Maya klatscht in die Hände. »Komm, Nabor, das wird uns guttun nach unserem Morgenspaziergang.« Sie sitzen wie zwei Kinder beieinander, die sich neckend etwas entreißen und sich wieder neckend etwas zuschieben.

Der Vorhang öffnet sich erneut, ein hochgewachsener blonder Junge steht im Gemach. Nabor blickt auf.

»Der Palastherr Mamya bittet, vor deinem Angesicht zu erscheinen, Herr«, meldet der Knabe.

Des Lukomanen Züge werden ernst. Was will Mamya zu dieser Stunde. Fragend blickt er Maya an. »Lass ihn kommen, Nabor, wir werden hören, was er bringt«, erwidert sie. Der Lukomane nickt zustimmend.

Mamya tritt ein. Er verbeugt sich vor dem jungen Paar. Nabor mag ihn nicht sonderlich, er ist ihm zu geschmeidig. Zu vorsichtig und zu gewählt ist seine Rede. Mamya empfindet die kühle Zurückhaltung des Lukomanen und versucht, mit großer Diensteifrigkeit die Gunst Nabors zu gewinnen. Fast schroff fragt dieser: »Was führt dich her, Mamya?«

Mit pathetischem Tonfall antwortet der Palastherr: »Etwas Furchtbares ist geschehen, Herr. Der Lukomane des Waya-Reiches, Kaana, hat im trunkenen Zorn seinen Bruder erschlagen.«

Ein entsetzter Aufschrei, Maya ist aufgesprungen. Ein Mensch getötet – unfassbar – niemals bisher geschah so Ungeheures.

Auch der Lukomane hat sich erregt erhoben. Mit bleichem

Antlitz ruft er: »Das kann ich nicht glauben, Mamya. Du treibst bösen Scherz.«

»Der Gesandte deines Vaters ist in der Halle, er wird dir die Wahrheit meiner Worte bezeugen, Herr.«

»Hole ihn, ich will ihn sehen«, stößt Nabor hervor.

Einige Augenblicke später kehrt Mamya mit dem Gesandten zurück, einem älteren Mann mit seltsam ruhigen Bewegungen und stillen Augen. Bescheiden wartet er, bis der Lukomane das Wort an ihn richtet.

»Lass uns die Botschaft meines Vaters hören«, fordert ihn Nabor auf.

Eine leise Stimme schwingt im Gemach, sie scheint die Kraft zu haben, die erregten Gemüter zu beruhigen.

»Der Lukomane Ebor sendet dir väterlichen Gruß und Segen.« Bei der Nennung des verehrten Namens verneigt sich der junge Herrscher unwillkürlich.

Der Gesandte fährt fort: »Im Trunk, überwältigt von den finsteren Dämonen des Schattenreiches, hat Kaana, der Lukomane der Waya, in zornigem Grimm den lichtvollen Jüngling Ebale, seines Blutes Bruder, erschlagen. Nie zuvor geschah so große Missetat in den glückhaften Reichen Eya-Eyas, wo Menschen und Tiere sich im Frieden der Gnade Elohims erfreuen. Rüste dich, Sohn, und ziehe gegen Bayagard. Der Loki, der große Huatami, ruft die Könige Atlantis in der heiligen Lichtnacht zum großen Rat in den Tempel. Übermittele deinem Weib meinen Gruß.« Der Gesandte schweigt.

Nabor ist tief betroffen. Er fühlt in sich, dass diese furchtbare Tat schweres Unheil über Atlantis bringen wird. Heilig ist den Atlanter das Leben des Bruders, selbst die Tiere genießen weitgehenden Schutz. Darum sind sie ohne Scheu, und friedlich leben nebeneinander Panther und Rind. Doch jetzt ist Blut geflossen, kostbarstes Menschenblut. Nabor fasst sich mit beiden Händen an den Kopf, er kann es noch nicht fassen. Maya sitzt bleich, mit verstörten Augen auf dem Ruhebett. Auch sie empfindet das Unerhörte der Tat, und leichte Schauer jagen ihr über den Rücken, ihre Lippen beben. Sie schaut zu Nabor, der erregt auf und ab läuft. »Was wird der Loki tun?« Mehr zu sich selbst hat Nabor gesprochen. Mayas Gesicht gewinnt die Farbe zurück. Ihre Augen verdunkeln sich, um den Mund legt sich ein abweisender Zug. Kalt antwortet sie: »Die Macht Huatamis ist nicht groß genug, um dem Erschlagenen das Leben zurückzugeben.«

Nabor bleibt stehen und sieht erstaunt seine Frau an.

»Was sprichst du da, Maya!«, entfährt es seinem Mund. Er blickt in ein hochmütiges Gesicht, das ihm fremd ist. Ist das seine Maya, die weiche, kosende, die er so sehr liebt? Eine eisige Hand fasst ihm nach dem Herzen. Mit dieser stolzen Frau, die mit kalter Verächtlichkeit spricht, verbindet ihn nichts.

Eine frostige Stimmung herrscht in dem prächtigen Gemach. Gewandt schaltet sich Mamya ein: »Der Loki wird dem Rat der Lukomanen die Botschaft Elohims verkünden, wie es sein hohes Amt verlangt.« Spöttisch schürzt Maya die Lippen, aber sie schweigt.

Nabor ist an eine Fensteröffnung getreten. Sein Blick sucht die Weite des blauen Himmels. Die Veränderung Mayas und ihre Worte haben ihn bis ins Innerste getroffen. Von gläubigen Eltern aufgezogen in tiefer Ehrfurcht vor Elohim und seinem Mittler, dem Priesterkönig, der ihm immer wie ein Halbgott erschienen war, rissen Mayas Worte ihn in einen Zwiespalt. Glaube und Liebe ringen miteinander. Zweifellos ist der Loki ein Mensch, aber er lebt völlig zurückgezogen in seiner Tempelburg in Bayagard. Nur einmal im Jahr werden die Lukomanen seiner ansichtig, wenn er mit ihnen Rat hält und ihnen im entrückten Zustand die Gebote des Lichtgottes verkündet. Mit leiser Stimme – als würde eine Entweihung befürchtet – wurde im Königspalast zu Rayagard von dem Loki gesprochen. Der Vater, weit und breit geachtet und geliebt wegen seiner Gerechtigkeit und Hilfsbereitschaft, hatte beim Abschied gesagt: »Halte dem Loki die Treue. Er weiß mehr als wir. Er hütet das Glück Eya-Eyas. Niemand vermag das außer ihm, denn ihn erleuchtet das Licht Elohims.« Maya ist jung – meldet sich eine andere Stimme. Er kennt Mayas Kampf um die Anerkennung ihrer Herrschaftsansprüche. Er weiß, wie sehr Mayas Stolz gelitten hat. Noch scheint Verbitterung in ihr nachzuklingen, aber seine Liebe hat sie doch so glücklich gemacht? Ich werde ihr helfen, denkt er weiter. Ich werde alles tun, um ihr Leben in Licht und Liebe einzuhüllen. Innere Bewegung zuckt in dem jungen männlichen Gesicht. Er wendet sich um, tritt zu seiner Frau und lässt sich neben ihr nieder. Freundlich sagt er: »Lassen wir das, Maya. Wir sind nicht berufen, darüber zu richten, was des Priesterkönigs Werk ist.«

Von Mayas Gesicht weicht die Starrheit. Ein Lächeln blüht auf. Unmerklich schmiegt sie sich an den Gemahl. Nabor wendet sich an den Palastherrn: »Mamya, bereite eine königliche Unterkunft, wie sie dem Gesandten meines Vaters gebührt.«

Mit Dankesworten verlässt der Gesandte mit Mamya das Gemach. »Geliebte«, innig umschlingt Nabor sein schönes Weib. Seine Rechte streicht leicht über ihre üppige Haarkrone, seine Lippen hauchen zärtliche Küsse auf ihre Augen und suchen den Mund. Wohlig lässt sich Maya einhüllen in Wogen weicher Zärtlichkeit. Ihre zarten Hände liebkosen, ihr voller Mund gibt sich dem Werben des Mannes. Ihre jungen Herzen schlagen zusammen. Die erste Disharmonie ihrer Ehe ist vergessen.

Der Tag der Abreise Nabors ist gekommen. In der großen Halle warten Palastherren und Kämmerer auf das Erscheinen des Lukomanen.

»Der Herr ist im Gemach der Königin«, flüstert Ekloh dem Palastherrn Mamya zu. Dieser lächelt fein. Maya wird dem Gemahl noch letzte Anweisungen geben. Doch er irrt sich. Nur frauliche Besorgnis schwingt in Maya. Sie hat sich um alle Einzelheiten gekümmert. Nabor ist gerührt von der Fürsorge seines Weibes.

»Ich bin bald wieder bei dir, Geliebte«, sagt er zärtlich. »Lange halte ich es ohne dich nicht aus.« Glücklich lehnt sich Maya an ihn. Er gehört ihr ganz, und niemand kann ihn ihr nehmen. Hand in Hand betreten sie die Halle.

»Mamya, Premenio und Xernio werden mich begleiten«, befiehlt der Lukomane. Die Gerufenen treten zum Herrscher. Langsam schreiten Nabor und Maya durch das Palasttor auf die Freitreppe hinaus. Noch einmal umarmt der Lukomane sein Weib, dann besteigt er das wartende Viergespann. Die Palastherren, der Kämmerer Ekloh und eine Anzahl Diener verteilen sich auf weitere Wagen. Ein Trupp Berittener schwärmt um den Zug aus.

Der Lukomane nimmt dem Wagenlenker Zügel und Peitsche aus der Hand. Die Peitsche knallt über die Köpfe der Pferde. Mit einem Sprung setzen sie an, und das leichte Gefährt fliegt förmlich empor. Lachend grüßt Nabor zu Maya, dann braust der Zug ratternd davon, eine große Staubwolke aufwirbelnd.

Bayagard ist die älteste und größte Stadtanlage von Atlantis. Viele Meilen lang erstreckt sie sich an der Südküste der Insel. Ein Netz von Kanälen verbindet Bayagard mit dem Meer und den anderen Asgards. Auch in der Stadt selbst ziehen sich, neben den Straßen, Kanäle nach allen Richtungen hin. Alles, was Atlantis an Reichtum aufzubringen vermag, ist hier zusammengetragen. Palast reiht sich an Palast. Die flachen Dächer sind mit Goldplatten belegt und die Außenwände mit großen Halbedelsteinen verziert. Nur Marmor, in allen Farbtönungen, hat als Baumaterial Verwendung gefunden. Die Zinnen der Paläste werden überragt von himmelwärts strebenden Türmen, auf denen Harfen dem Wind als Musikinstrumente dienen. Ein melodisches Summen und Klingen erfüllt die Luft. Auf den Kanälen wimmelt es von Nachen und Barken aller Größen. Hier und da zeigt sich ein größeres Fahrzeug, von einer Anzahl Ruderer angetrieben, irgendeinem Höheren oder Mächtigeren gehörend. Eine üppige Flora, in den Straßen und auf den Plätzen, in den Gärten der Häuser und Paläste, verbreitet einen betäubenden Duft. Von einem breiten Ringkanal umschlossen, erhebt sich auf einer Anhöhe die Tempelburg des Loki. Sie ist eine Stadt für sich. Von mächtigen Mauern umgeben, birgt sie den großen Tempel, den Palast des Loki und die Häuser der Priester und Diener. Der Tempel gleicht denen in den anderen Asgards, nur ist er noch großartiger in der Anlage und Ausstattung.

Durch Bayagard fiebert gespannte Erregung. Heute ist Sonnenwende. Das heilige Fest des Lichtes wird diese Nacht taghell erleuchten. Die Herrscher der atlantischen Reiche sind in Bayagard eingetroffen. Der Palast des Lukomanen des Baya-Reiches ist weitläufig genug, um alle hohen Gäste mit ihrem Gefolge in seinen Mauern aufzunehmen.

Das Volk trifft Vorbereitungen für die Lichtnacht. Auf den Plätzen, den Dächern der Häuser und der breiten Umfassungsmauer der Stadt werden große Stöße wohlriechenden Holzes aufgeschichtet. Die Nachen und Barken sind mit Blumengirlanden geschmückt, und auch die Straßen, durch die der Zug der Könige vom Lukomanenpalast zur Tempelburg ziehen wird, tragen reichen Blumenschmuck.

Die Sonne strahlt. Auf den Straßen, die nach Bayagard führen, kommen von allen Seiten die Atlanter zu Fuß und im Wagen, um an dem Fest teilzunehmen. Unablässig fließen die Menschenströme der Stadt zu.

Eine merkwürdige Gruppe erregt Aufsehen. Von Berittenen umgeben, schreitet ein älterer Mann, auf einen Stock gestützt, durch den Staub der Landstraße. Sein Gesicht ist totenbleich, die Augen liegen tief in den Höhlen, Haare und Bart hängen wirr um das Haupt, das, zu Boden geneigt, eine unsichtbare Last niederzudrücken scheint. Sein Gewand ist grob und in der Farbe der Erde gleich. Es ist Kaana, der Mörder seines Bruders Ebale. Von der Stufe großer Macht und höchstem Glanz stürzte sich der Herrscher der Waya durch seine frevelhafte Tat in tiefste Schmach. Niedriger als der niedrigste Dienende, von allen verachtet und gemieden, schreitet er nun als ein Geächteter den langen, qualvollen Weg zur Stadt des Priesterkönigs, um sein Urteil entgegenzunehmen.

Sein Volk hat ihn verstoßen. Es hat sich abgewandt von ihm, der seine Hände mit dem Blut eines Menschen besudelte.

Hinter ihm geht eine schlanke Frau. Ihr Gesicht ist wie erstarrt in tiefem Leid, die glanzlosen Augen blicken ins Wesenlose. Sie wird gestützt von einem jungen Mann, in der Blüte männlicher Schönheit. Leise stöhnt die Lukomanin Hethera. Die Strapazen der letzten Tage haben sie sehr mitgenommen, ihre Füße schmerzen bei jedem Schritt.

Das Herz des Sohnes krampft sich zusammen. Er will sie tragen, doch die Frau lehnt ab. Mit letzter Willensanstrengung schleppt sie sich weiter.

Da dringt Geschrei zu ihnen. Reiter jagen heran, hinter ihnen wälzt sich eine Staubwolke näher. Laut schreien die Berittenen:

»Platz für den Lukomanen!« Ein Wagenzug rattert heran. Auf dem ersten Wagen steht Nabor neben dem Wagenlenker. Die armselige Gruppe erregt auch sein Interesse. Sieht er richtig? Ist das nicht Cerbio, der lustige Cerbio, der ihn begleitete in den Tempel zur Vermählung mit Maya. Er lässt den Wagen halten.

»Cerbio – Freund«, der Lukomane springt vom Wagen und tritt auf den Angerufenen zu. Über Cerbios Gesicht läuft ein Schimmer der Freude, doch sofort wird es wieder ernst. Er weicht einen Schritt zurück und ruft: »Rühre mich nicht an, Nabor. Schwere Schuld trennt uns von allen, deren Hände rein sind.«

Nabor hält betroffen inne. Mitleid erfüllt ihn, als er sagt: »Du bist frei von Schuld, und frei ist deine Mutter. Ich will euch helfen, kommt zu mir in mein Reich. Ich will euch das Schwere vergessen lassen.« Wieder streckt er dem Freund die Hand entgegen.

»Dein Wille ehrt dich, Nabor, aber niemals werden wir den Vater in seiner tiefsten Not verlassen«, lautet die Erwiderung. »Es sei denn, Blut wird durch Blut vergolten«, fügt Cerbio leiser hinzu.

Ein tiefes Stöhnen entringt sich den Lippen der Lukomanin. Der leiderfüllte Ton trifft Nabor ins Herz. Erschüttert steht er wortlos vor diesem großen Elend. In tiefer Ehrerbietung verneigt er sich vor der Fürstin. Nochmals suchen seine Augen den Jugendfreund. Ein stummer Gruß, dann besteigt er seinen Wagen. Der Schatten menschlichen Leides verdunkelt ihm den strahlenden Tag. Von fern blinken die goldenen Zinnen Bayagards, doch er achtet ihrer nicht. Als die Nachtschatten sich herniedersenken, sammelt sich das Volk in den Feststraßen. Kurz vor Mitternacht erscheint ein langer Zug Tempelknaben in kurzen weißen Gewändern, Blumenkränze im Haar. In ihren Händen halten sie ölgetränkte Holzfackeln. Die Knaben nehmen zu beiden Seiten der Straßen Aufstellung.

Eine atemlose Stille legt sich über die Menge. Nur das feine Singen der Windharfen ist hörbar. Alles sieht gespannt zum dunklen Massiv der Tempelburg.

Auf den Türmen des Tempels flammen Feuer auf. Gleichzeitig erschallen Hörner mit lang gezogenen Tönen. Die Wächter auf den Türmen der Paläste nehmen den Ruf auf und geben ihn weiter. Überall lohen die Feuer empor.

Eine Anzahl Priester überquert die breite Brücke, die von der Tempelburg in die Stadt führt. Feierlich gemessenen Schrittes nähern sie sich dem Lukomanen-Palast. Ein Priester pocht an das Tor. Langsam öffnet es sich, und der Lukomane des Baya-Reiches tritt heraus.

»Der Loki entbietet den Lukomanen den Segensgruß. Er will euch verkünden, was Elohim ihm offenbarte.«

Der Lukomane verneigt sich, dann sagt er: »Unsere Herzen sind geöffnet, um die erhabene Botschaft aufzunehmen.«

Der Priester wendet sich mit einem kurzen Wink. Die zunächst stehenden Tempelknaben entzünden ihre Fakeln. Von Fackel zu Fackel läuft das Feuer bis zur Tempelburg.

Mit dem voranschreitenden Priester bewegt sich der Zug der Lukomanen durch die Straßen, mit Ehrerbietung von der Menge gegrüßt. Hinter jedem Herrscher folgen seine Palastherren, die Schleppe des Königsmantels tragend.

Nabor, als der Jüngste der Lukomanen, schreitet als Letzter. Die Feierlichkeit der Stunde, im Zusammenspiel mit dem Lichterglanz, dem Duft der Blüten, dem dumpfen Tönen der Hörner von den Türmen und der getragenen Melodien der Flöten- und Schalmeienbläser, die dem Zuge voranschreiten, dazu die Sternenpracht des nächtlichen Firmaments, lassen den jungen Mann die leidvollen Gedanken vergessen.

Doch bald wird er wieder daran erinnert. Der Zug der Könige nähert sich der Brücke. Unweit davon steht, vom Schein der Fackeln matt beleuchtet, Kaana mit seiner Sippe. Beim Näherkommen erkennt sie Nabor. Seine Augen suchen die Cerbios. Doch dieser hat das Haupt gesenkt und blickt zu Boden. Nabors Herz ist schwer, die frohe Stimmung ist von ihm gewichen. Unaufhörlich beschäftigen sich seine Gedanken mit dem Schicksal des Freundes. Selbst der Empfang vor dem Tempel durch den Oberpriester Tenupo, der Gesang der Priester und Tempelsänger, der ganze Glanz des Rituals, vermag ihn nicht seinen düsteren Gedanken zu entreißen.

Geführt von zwei Priestern, betritt er zuletzt die Halle der Könige im Tempel. Es ist ein hoher runder Raum. Weißer Marmor schmückt die Wände und den Boden. Zwölf Säulen aus gelbem Marmor tragen die Decke, die nach oben offen ist und einen Blick in den nächtlichen Himmel freigibt. An den Säulen sind die Symbole der zwölf Königreiche Eya-Eyas angebracht:

Aya – Baya – Daya – Faya – Gaya – Kaya – Laya – Maya – Paya – Raya – Taya und Waya.

Jeder Lukomane tritt an die Säule, die das Zeichen seines Reiches trägt.

Nabor nimmt, geleitet von den Priestern, an der seinigen Aufstellung.

Nur vor der Säule des Waya-Reiches bleibt der Platz frei.

Schweigend verharren die Lukomanen.

Aus dem Vorhof dringt feierlicher Gesang in die Halle. In gewaltigen Harmonien blüht ein Wechselgesang auf. Die Erdensöhne rufen die Lichtwesen aus Elohims Reich. Andächtige Stille folgt, dann antwortet eine zarte Knabenstimme. Wieder inbrünstiges Flehen des Chores der Priester. Glockenrein erklingt Verheißung. Nun jubelt es aus vielen Knabenkehlen. Posaunen und Flöten fallen ein. In immer herrlicheren Motiven füllt die erhabene Musik den Tempel und hallt hinaus in die lauschende Nacht.

Während der Gesang in jubelnde Rhythmen ausklingt, öffnet sich der schwere Vorhang, der das Allerheiligste von der Halle der Könige trennt. Im flackernden Licht der Ölfackeln sitzt auf erhöhtem Stuhl der Priesterkönig Huatami. Ein weißes Gewand hüllt ihn ein. Von den Schultern fließt ein weißer, schwerer Seidenmantel. In seinem Asketengesicht leuchten große Augen in entrücktem Glanz.

Drei Tage und drei Nächte fastete der Loki, war in innerer Versenkung der Gottheit hingegeben. Ein Leuchten geht von ihm aus, das sich mit dem Licht der Fackeln verbindet und seine Gestalt umgibt.

Ein Aufschrei Ungezählter, die auf dem Tempelvorplatz dieses Augenblicks harren, begrüßt den Priesterkönig.

Huatami erhebt sich. Langsamen Schrittes kommt er näher. Er betritt die Halle der Könige. Die nach außen geöffneten Hände vor die Stirn haltend, verneigen sich die Lukomanen.

Der Loki tritt in die Mitte der Halle. Mit erhobenen Händen segnet er die Herrscher Eya-Eyas, sich jedem Einzelnen zuwendend. Die Priester schließen die Vorhänge zum Allerheiligsten und zum Vorhof.

Der Hohepriester und die Könige sind allein.

Scheu blickt Nabor zu dem mächtigen Mann. Sekundenlang vereinen sich ihre Blicke. Wie ein Blitzstrahl durchfährt es den Lukomanen, und unwillkürlich schließt er die Augen.

Der Priesterkönig ruft die Gottheit an. Er dankt Elohim für seinen Schutz und bittet um Erleuchtung für die Lukomanen und sich selbst. Dann schweigt er. Die Augen werden starr und blicklos. Regungslos wie eine Statue steht er im Raum. Lautlose

Stille geistert durch die Halle. Die Lukomanen halten den Atem an. Wie von fern her ertönt die Stimme Huatamis, leise und eindringlich: »Himmel und Erde vereinigen sich in dieser heiligen Stunde! Höret, Lukomanen, was euch Elohim, der große und erhabene Gott des Lichtes, verkündet: Blut ist geflossen. Ein Wahnwitziger hat einen Bruder erschlagen. Nie zuvor geschah so entsetzliche Tat in den Landen Eya-Eyas. Elohims Wille ist es, dass wir nicht Gleiches mit Gleichem vergelten, denn Sein ist die Vergeltung. Doch kann der Blutbefleckte nicht mehr der Atlanter Bruder sein, mit seiner Tat schloss er sich aus unserem Kreise aus.

Als erster Diener des Großen Geistes verkünde ich euch den Spruch Elohims: Verflucht sei Kaana, der die menschliche Hülle ewigen Geistes zerbrach. Ausgestoßen aus unseren Reihen suche er seine Nahrung bei den Tieren des Feldes. Unstet und flüchtig sei sein Fuß. Getrieben von der Last seiner Schuld, verbringe er einsam seiner Tage Qual. Niemand beherberge ihn, jeder meide ihn. Verbannt in die kahlen Berge des Nordens friste er, wie ein Tier, sein schuldbeladenes Leben.«

Der Priesterkönig schweigt. Düster blicken die Könige zu Boden. Jeder weiß, wie schwer diese Strafe ist, doch regt sich kein Mitleid, zu ungeheuerlich war die Tat Kaanas.

Dann fährt der Loki mit milderer Stimme fort: »Doch frei sei die Gefährtin von dem Schuldbeladenen. Der Ehe heiliges Band zerschnitt die Tat. Frei sei der Sohn, dessen Hände rein sind. Cerbio soll das Land erhalten und durch weise Regierung die Schuld des Vaters sühnen.«

Nabor, dessen Haupt sich bei der Urteilsverkündigung tiefer gesenkt hat, bemächtigt sich bei dem Freispruch des Jugendfreundes eine große Erregung. Vor ihm steht das Bild des in die Verbannung wandernden Freundes. Wie kann man ihn zurückhalten? Und ungeachtet des strengen Rituals ruft er aus: »Cerbio will mit Hethara, seiner Mutter, das Los Kaanas teilen.«

Überrascht wendet sich der Loki ihm zu: »Wo sahest du Cerbio?« Nabor neigt das Haupt und legt die Rechte auf das Herz: »Ich sah ihn, im groben Gewand, mit seiner Sippe vor den Toren Bayagards und zu Beginn der Nacht an der Brücke, die zur Tempelburg führt, Erleuchteter.«

Leise klatscht Huatami in die Hände. Die Priester erscheinen sofort. »Bringt Cerbio und Hethara in den Tempel«, befiehlt der Loki. Schweigen herrscht wieder in der Halle. Doch die Gesichter sind erhellt, wie ein befreites Aufatmen läuft es durch die Reihen der Könige.

Ein Priester kommt zurück: »Die Gerufenen sind im Vorhof.«

»Öffne den Vorhang.«

Allen, die sich im Vorhof und auf dem Vorplatz drängen, wird die hohe Gestalt des Priesterkönigs sichtbar.

Huatami blickt auf Cerbio, der seine Mutter stützt.

»Tritt näher, Cerbio«, befiehlt der Loki.

Zögernd lässt der Sohn seine Mutter los und tritt in den Kreis der Könige.

»Nach dem Willen Elohims erhebe ich dich, Cerbio, zum Lukomanen des Reiches der Waya. Walte weise deines Amtes und sühne damit die Schuld Kaanas.«

Ein einziger Jubelschrei folgt den Worten Huatamis. Cerbio ist totenblass. Ein Kampf ist in ihm entbrannt. So sehr er die Tat des Vaters verabscheut, so hängt doch sein junges Herz an ihm. Der Priesterkönig empfindet das stille Zögern. Er liest die Qual des Jungen in dem offenen Gesicht. Gütig legt er ihm die Hand auf die Schulter: »Beuge dich dem Willen Elohims, Cerbio. Denke an Hethara, soll auch sie in Not untergehen?« Das gibt den Ausschlag. Cerbio neigt sich tief. Huatami segnet ihn und schließt ihn in seine Arme.

Der Loki führt Cerbio an die Säule der Waya. Cerbios Augen suchen die Mutter. Hethara steht zwischen der Menge, ein stilles Leuchten strahlt in ihren Augen. Ihre Lippen murmeln Dankgebete. Ihr Sohn, ihr so sehr geliebtes Kind, ist wieder eingesetzt in sein Recht. Nun wird alles gut werden.

Wie ein Lauffeuer verbreitet sich die Kunde von den Vorgängen im Tempel. Sie bricht den Bann, den die Bluttat auf die Gemüter legte. Einer sagt es dem anderen, überall große Freude auslösend.

Der Priesterkönig hat gerecht Gericht gehalten.

Die Mittagshitze lastet auf Mayagard. Nur ein lauer Wind bewegt die Fächer der Palmen. Er spielt mit Blüten und Blättern und bläht die Vorhänge der Fensteröffnungen des Palastes auf.

In ihrem Gemach liegt Maya auf dem Ruhebett, träumerischen Sinnen hingegeben. Zu ihren Füßen spielt ein junger Gepard mit einer Quaste der Fußrolle. Ungelenk und täppisch versucht das junge Tier, die Quaste abzureißen. Eine Weile ergötzt sich die Lukomanin an dem possierlichen Spiel, dann scheucht sie das Tier durch lauten Zuruf aus dem Raum. Ihre Gedanken wenden sich ihrem Gemahl zu. Er fehlt ihr, sie vermisst seine Wärme, die sie mit weicher Zärtlichkeit umfängt. Er lässt ihr allen Willen, ist immer gleichmäßig freundlich, nicht nur zu ihr, sondern zu allen Menschen. Das Volk verehrt ihn. Froher Jubel umgibt ihn, wenn er sich bei Ausfahrten ins Land oder bei den Wagenrennen in der Arena zeigt.

Er liebt Gesang und Tanz. Oft erhebt er sich bei Festgelagen in der großen Halle und tanzt nach dem Klang der Harfen und Flöten. Völlig gelöst schwingt er dann nach den Rhythmen der Musik. Die Weichheit und natürliche Anmut der Bewegungen, der Ausdruck des jungen männlichen Gesichtes, aus dem ekstatische Freude leuchtet, nimmt die Zuschauer gefangen, und sie spenden ihm ehrlichen Beifall. Maya freut sich darüber; und doch manchmal, wenn Nabor völlig hingegeben, in verblüffender Grazie und Leichtigkeit, den weiten Raum durchschwebt, stört es sie. Sie sieht das Erstaunen in den Augen der Zuschauer. Es ist für sie etwas Außergewöhnliches, dass ein Herrscher sich so leidenschaftlich dem Tanz hingibt.

»Er hat die Kraft eines Stiers, die Geschmeidigkeit eines Geparden und die Grazie eines Weibes«, diese Worte Mamyas klang nicht gut in ihren Ohren. Ein leichter Stachel blieb zurück.

Dagegen ist sie wie ausgesöhnt, wenn Nabor beim Wagenrennen sein Viergespann in rasendem Galopp durch die Arena steuert. Die hohe, schlanke Gestalt bietet ein Bild kraftvoller Männlichkeit. Die langen, hell leuchtenden Haare wehen im Wind. Das Gesicht, wie aus Marmor gemeißelt, durchschneidet wie das eines Adlers die Luft. Der Mund ist fest geschlossen, die Augen glühen. So ist er der Herrscher und der Mann, der Mayas Wünschen entspricht.

Die Ruhende wird aufmerksam, als sie erregte Stimmen vom Palasthof heraufdringen hört. Kurze Zeit darauf wird der Türvorhang des Gemaches heftig beiseite geschoben. Aufgeregt betritt der alte Palastherr Eseko den Raum.

Maya richtet sich von ihrem Ruhebett auf.

Der alte Herr sprudelt heraus: »Herrin, viele Schiffe auf dem Meer, sie nähern sich der Küste.«

»Schiffe?« Die Lukomanin erhebt sich. Mit eiligen Schritten

verlässt sie das Gemach, gefolgt von dem Palastherrn. Maya geht auf die Zinne des Palastes. In der Ferne sieht sie auf dem blauschimmernden Wasser des Meeres winzige Punkte, die immer größer werden. Ihr an die Weite gewöhntes Auge erkennt bald eine Anzahl Segelschiffe. Lange verharrt sie und schaut in die Ferne. Die Schiffe sind jetzt auf Sichtweite dem Land nahe gekommen. Von der hohen Steilküste aus erkennen die Maya viele mit Fellen bekleidete Männer, die jeder einen langen Stab in der Hand halten, deren Spitzen in der Sonne funkeln. Mächtige breite Segel, gebläht vom Wind, treiben die Schiffe schnell heran. Geschützt von runden Schildern hocken Ruderer an den Längsseiten der Schiffe und bewegen die Ruderblätter. Jetzt kommt das größte Schiff heran. Auf seinem Deck befindet sich ein Aufbau. Unter einem Zeltdach liegt auf fellbedeckter Erhöhung ein Mann, dessen Armringe matt schimmern. Um ihn herum stehen einige Gestalten, gleich ihm im Fellwams. Mit geneigten Köpfen und ergebener Haltung lauschen sie offenbar seiner Rede.

Interessiert schaut Maya hin. Sie beobachtet dieses Schiff besonders. In dem Mann auf dem Fellbett vermutet sie den Anführer. Wildes Johlen und Geschrei dringt jetzt zu ihren Ohren. Das Geheul kommt von den Schiffen. Die Männer schwenken ihre Stangen und vollführen einen Freudentanz, der an die Tapsigkeit der Bären des Nordlandes erinnert. Maya lächelt, so komisch wirkt der Anblick.

Anscheinend haben die Fremden die Einfahrt in den Kanal entdeckt, denn das große Schiff nimmt Kurs darauf. Die anderen Schiffe, die voraus gefahren waren, verhalten und folgen mit den Übrigen.

»Sie dringen in den Kanal ein, Herrin, was sollen wir tun?«, lässt sich der Palastherr neben ihr vernehmen.

Maya wendet den Kopf. Sie überlegt und befiehlt kurz: »Lasst das Kanaltor der Mauer schließen.« Eiligst entfernt sich der Alte. Die Lukomanin tritt auf die andere Seite der Zinne, die dem Kanal zugewandt ist. Sie späht angestrengt hinüber. Langsam gleitet das große Schiff näher. Der Mann auf dem Ruhebett hat sich erhoben und ist an die Brüstung getreten. Seine große, sehnige Gestalt ist mit einem kurzen Wams bekleidet, das Arme und Beine frei lässt. Sein tiefschwarzes Haar, wohl mit Öl eingeschmiert, glänzt im Sonnenlicht. Es ist straff nach hinten gekämmt und wird durch einen Knoten zusammengehalten. Das Wams umschließt ein Gürtel, an dem ein blitzendes Etwas und auf der anderen Seite ein kleines Horn hängen. Die Füße sind mit Fell umwickelt, das mit kreuzweise gebundenen Bändern am Unterschenkel befestigt ist. Die Lukomanin erkennt das Gesicht des Fremden. Es ist ein jüngerer Mann, bartlos, dessen buschige Brauen über nachtdunklen Augen liegen. Eine gebogene Nase springt hervor und steht über einem trotzigen, energischen Mund mit vollen Lippen. Gesicht, Haltung und der fremdartige Aufzug geben dem Mann etwas tierhaft Wildes, Verwegenes.

»Wie ein schwarzer Panther«, geht es Maya durch den Sinn. Da hört sie hinter sich Schritte. Der Palastherr kommt zurück. »Herrin«, sagt er, »die Fremden legen im Kanal an und erklimmen die Ufer.« Die Lukomanin erblasst. Es sind wilde Menschen von der dunklen Seite der Welt. Nach den Sagen brachten sie schon einmal großes Unheil über die Atlanter. »Gehe zu ihnen und entbiete ihnen meinen Gruß«, befiehlt sie. Der Alte ist betroffen und zögert. Maya kommt ein Gedanke. Sie winkt den Palastherrn neben sich und zeigt auf den Mann in dem großen Schiff. »Dort steht der Anführer der Horde. Sprich mit ihm und bringe ihn zu mir.«

Langsam, etwas zaudernd, entschwindet der Alte. Noch eine Weile schaut Maya zu den Fremden, dann verlässt sie das Dach. In ihr Gemach zurückgekehrt, befiehlt sie ihren Dienerinnen: »Schmückt mich.« Ein breiter goldener Stirnreif mit großen Rubinen ziert wie eine Krone ihr Haar. In dem rotblonden Haar leuchten die Rubine wie Blutstropfen. Auch auf ihrem Gewand, auf den Arm- und Fingerspitzen funkeln sie. Hochaufgerichtet steht die Lukomanin da, nur ihr Herz pocht unruhig. Das Gefühl einer Gefahr beschleicht sie, doch keine Miene verrät ihre innere Beklommenheit. Dienstfertige Hände legen den Königsmantel um ihre Schultern. Sie begibt sich in die Halle und nimmt auf dem erhöhten Königsstuhl Platz. Um ihren Thron gruppieren sich die Palastherren und Kämmerer.

Gespannte Erwartung lastet in dem prunkvollen Raum. Maya ruft in ihrem Herzen Elohim an, er möge Nabor bald zurückführen.

Fremder Leute Stimmengewirr wird hörbar. Der Palastherr Eseko kehrt zurück. Mit einladender Geste wendet er sich rückwärts. Der Anführer der Fremden betritt die Halle. Es ist der Dunkle von dem großen Schiff. Ihm folgen bärtige Männer, deren reicher Metallschmuck ihren höheren Rang anzeigt.

Selbstsicher und frei in seinen Bewegungen tritt der Fremde auf. Als er Mayas ansichtig wird, bleibt er überrascht stehen. Ihre Schönheit und königliche Pracht verwirren ihn sichtlich. Maya lächelt fein, dieses Lächeln pflanzt sich fort in den Reihen ihrer Hofleute.

Da beugt der Fremde das Knie. Die Lukomanin sieht es erstaunt, denn noch niemals empfing sie eine derartige Huldigung. Sie erhebt sich und neigt das schöne Haupt zum Gruß.

»Wer bist du, Fremdling?«, klingt ihre helle Stimme durch die

Halle. Verständnislos blickt der Fremde sie an, er hat sie nicht verstanden. Hilfe suchend schaut Maya zu Eseko hinüber. Der alte Mann versucht nun mit lebhaften Gesten dem Fremden die Frage der Lukomanin verständlich zu machen. Der bleibt stumm und schüttelt nur mit dem Kopf. Immer wieder versucht es Eseko. Er weist auf den Fremden, auf seine Leute und in die Richtung des Meeres. Endlich leuchtet Verstehen in dem braunen Gesicht des Mannes auf. Auf sich selbst zeigend, sagt er mit eigenartig gutturaler Stimme: »Wea«, und nochmals »Wea.« Seine Rechte deutet dann auf die Bärtigen: »Tursen.« »So bist du der Fürst der Tursen?«, fragt Eseko erneut. Ein Achselzucken antwortet ihm. Der Fremde wendet sich zu seinen Männern, ein halblauter Befehl, sie stürzen zu Boden und berühren ihn mit ihren Stirnen. Stolz blickt der Turse zur Lukomanin. Sie nickt.

»Meine Herrin, Maya, die Lukomanin des Maya-Reiches, grüßt dich als ihren Gast«, beginnt Eseko wieder.

»Maya«, wiederholt der Turse. »Maya …« Er winkt einem Bärtigen, der eilt hinaus. Mehrere Tursen erscheinen, sie schleppen große Ballen aus Tierfellen und legen sie vor Wea auf den Boden. Die Ballen werden entrollt. Armbänder und Ringe aus einem gelblichen Metall, metallbesetzte Gürtel, blinkende kurze Schwerter und Hörner in allen Größen werden sichtbar.

Wea weist auf die Dinge und mit gebender Geste zu Maya.

Ein Neigen des königlichen Hauptes, das die Rubine im Haar auffunkeln lässt, ist ihr Dank.

Während diese stumme Begrüßungszeremonie in der Halle vor sich geht, spielen sich in der Straßen Mayagards erregte Szenen ab. Die gelandeten Tursen haben sich aller Tiere, deren sie habhaft werden konnten, bemächtigt und sind dabei, ein Schlachtfest großen Stils zu veranstalten. Hierbei ist es zu Zusammenstößen mit den Besitzern der Tiere gekommen. Die Fremden haben zu den Waffen gegriffen, eine Anzahl der Maya erlitten Verletzungen.

In die Halle stürzt ein älterer Mann, aus einer Kopfwunde fließt Blut. Es rinnt über sein Gesicht und benetzt sein Gewand. »Herrin«, ruft er laut, »die Fremden schlagen unsere Söhne.« Maya ist aufgesprungen. Ihre Augen funkeln in jähem Zorn. »Deine Männer brechen heiliges Gastrecht«, herrscht sie Wea an. Verblüfft steht der Turse da.

Weitere verwundete Maya dringen in die Halle. Mit eisigem Gesicht weist Maya auf diese und dann auf die Mannen Weas. Der Tursenfürst begreift. Sein Gesicht entstellt maßlose Wut. Mit hartem Zuruf zu seinen Leuten stürzt er hinaus.

Furchtbares ahnend, folgt ihm Maya. Wea steht auf den Stufen der Freitreppe. Er hat sein Horn am Mund – ein dumpfer, lang gezogener Ton hallt in die Weite.

Von allen Seiten kommen die Tursen gelaufen. Scheu blicken sie zu ihrem Herrn. Sie sehen sein verzerrtes Gesicht und fürchten seinen Zorn. Mit wilden Gesten weist der Turse auf die verletzten Mayas, seine gewaltige Stimme dröhnt über den Platz.

»Ihr Hunde, wer wagt es, meine Ehre zu besudeln?«

Die Tursen ducken sich. »Wer tat es?«, schreit Wea. Niemand rührt sich. Der Tursenfürst ist außer sich. Er will sich auf die Vordersten stürzen, da sieht er Maya. Er bezwingt sich und winkt den Mayas. Sie treten näher. Gestikulierend fordert sie Wea auf, die Täter zu bezeichnen. Einige willfahren seinem Wunsch. Sie gehen an den Reihen der Tursen auf und ab und zeigen auf ihre Gegner. Eine herrische Handbewegung Weas bedeutet diesen, zu ihm zu kommen. Angstvoll schleichen sie heran und werfen sich vor ihm auf den Boden. Grimmig betrachtet er sie, dann befiehlt er seinen Oberen: »Tötet sie!« Ein einziger Wehlaut der Verurteilten schrillt auf. Die Oberen reißen ihre Schwerter aus der Lederscheide, um das Urteil zu vollstrecken. Der Erste hebt den Arm, da ertönt der Ruf einer Frauenstimme. Maya hat ihn ausgestoßen. Wea ist herumgefahren. Die Männer starren auf die Lukomanin. Mit der Rechten eine abwehrende Geste vollführend, ruft sie: »Halte ein, Wea, heilig ist dem Atlanter das Menschenleben.«

Fassungslos blickt der Tursenfürst zu ihr hinauf. In ihrer herrlichen Schönheit erscheint ihm Maya einem überirdischen Wesen gleich. Stumm nickt er. Er hat begriffen. Ein Wink, und die Oberen bergen ihre Schwerter wieder in den Scheiden.

Die Lukomanin wendet sich und geht in den Palast zurück.

Eseko tritt zu dem Tursenfürsten und führt ihn zu einem größeren Block von Häusern, in denen er und seine Männer wohnen sollen.

Ungehemmte Lebensfreude erfüllt Bayagard. Der heiligen Lichtnacht folgt Fest auf Fest.

Der Lukomane von Baya, Herio, versucht mit allen ihm zu Gebote stehenden Mitteln seinen Gästen die Tage mit Spiel und Tanz zu würzen sowie mit Wasserfahrten auf den Kanälen und an der Meeresküste entlang. Ein großes Wagenrennen ist der Höhepunkt der Feierlichkeiten.

Der junge Cerbio ist der Sieger. Umjubelt von vielen Tausenden kehrt er blumenbekränzt an der Spitze des Lukomanen-Zuges in den Palast zurück.

Vereinzelt finden sich die Könige zu Beratungen. Gesetze werden durchgesprochen und Abänderungen vorgeschlagen. Die einfache Stimmenmehrheit entscheidet. Ergibt sich Stimmengleichheit, wird die Entscheidung des Priesterkönigs angerufen.

Nochmals versammeln sich die Lukomanen in der Königshalle des Tempels. Der Loki spricht. Seine Rede ist getragen von hohem Idealismus. Nur kurz streift er die äußeren Angelegenheiten. Sein Leitmotiv ist die ethische Haltung der Atlanter. Mit erhobener Stimme ruft er den Königen zu:

»Ihr seid Elohim verantwortlich für das Wohlergehen eurer Völker. Lebt ihr in der Reinheit, werden auch sie in der Reinheit verbleiben. Seid ihr Hüter der Gerechtigkeit, kann kein Unrecht geschehen. Sind eure Worte wahr und gleichen sie euren Taten, werdet ihr Vorbilder denen sein, die euch untertan sind. Dessen seid stets eingedenk. Wie die Oberen, so die Unteren. Ihr seid berufen und auserwählt, um als Lichtträger voranzuschreiten.«

Der Loki segnet jeden Einzelnen. Ehrfürchtig grüßen die Lukomanen, als er entschwindet.

Viergespanne bringen die Könige in den Palast zurück. Ein Festgelage beginnt. Auf ihren Ruhebetten liegend, plaudern sie miteinander. Diener reichen Früchte und in schimmernden Schalen köstlichen Wein.

Harfen erklingen, Gesang hebt an. Flöten rufen mit zarten Melodien, Schalmeien und Cymbeln antworten.

Es erscheinen Tänzer in schwerer Seide, mit Edelsteinen beladen. In feierlichen Schritten bewegen sie sich, mit maskenhaft starren Gesichtern, in denen die Augen in ekstatischem Feuer lohen. – Die Söhne des Lichtes.

Graziöse Tänzerinnen in duftigen Gewändern huschen heran. Sie wirbeln um die feierlichen Gestalten. Sie locken und wehen hin und her.

Die Söhne des Lichtes widerstehen eine Zeit lang. Dann beginnt hier einer und dort einer, vom Wirbel der Lockenden erfasst, gleichen Rhythmus anzunehmen. Die Harfen verstummen, bald auch die Flöten, nur Schalmeien und Cymbeln begleiten den rasenden Wirbel. Wie besessen drehen sich die Tänzer im Kreise, die feierliche Starrheit ist von ihnen abgefallen.

Dumpf dröhnt der volle Ton eines Gongs - einmal - zweimal - dreimal.

Erschreckt, zu Statuen erstarrt, verharren die Tänzer. Eine hohe Gestalt in lichtvollem Gewand gleitet schwebend herein.

Jäh schweigt die wilde Musik, scheu weichen die Tänzerinnen zurück. Es jubeln die Flöten – erklingen die Harfen – feierlicher Gesang schwillt auf – der Lichtvolle führt die Gefährdeten zurück.

Nabor hat sich am Fußende des väterlichen Ruhebettes niedergelassen. Tanz und Musik nehmen ihn völlig gefangen. Selbst der tänzerischen Kunst hingegeben, erlebt er die Darbietung mit allen Sinnen. Jeder Nerv an ihm vibriert, wie gern würde er dabei sein - aber ...

Ebor beobachtet verstohlen seinen Sohn. Wie verschieden ist dieser von seinem Ältesten. Er gleicht der Mutter von seiner äußeren Schönheit her. Das vollendete Ebenmaß des Körpers verbindet sich mit der Harmonie der Bewegungen. Immer bereit, andern zu dienen, ihren Wünschen nachzugeben. Aber wird er seinen Mann stehen können als Herrscher eines großen Reiches. Er liebt das Schöne und Harmonische, allem Schweren weicht er gern aus. Wohl hat er die gleiche Erziehung erhalten wie sein älterer Bruder. Er reitet, lenkt den Wagen, schwimmt und rudert wie er, aber er tut es ohne besonderes Interesse. Kein Ehrgeiz treibt ihn zu hervorragenden Leistungen. Ist er wirklich im sportlichen Wettkampf überlegen, fällt es ihm ein, kurz vor dem Ziel innezuhalten, um anderen den Vortritt zu lassen.

Vor sich hinsinnend, bemerkt der Lukomane, erst durch wiederholtes Räuspern aufmerksam werdend, einen Kämmerer, der hinter ihm steht. »Was bringst du?«, fragt er. »Euer Sohn und der Lukomane Cerbio mögen bei Anbruch des jungen Tages im Tempel erscheinen, so lautet die Botschaft des Loki«, ist die Antwort.

Beifall rauscht auf, der Tanz ist zu Ende. Begeisterung im erregten Gesicht, wendet sich Nabor dem Vater zu. Ernst schaut ihn dieser an. »Der Priesterkönig bittet dich und Cerbio in den Tempel.«

»Was kann er wollen?«, fragt Nabor überrascht.

»Die Einweihung, mein Sohn. Den Lukomanen und Priestern vorbehalten. Geheimnisse werden dir offenbart, die dir Macht geben werden über andere. Doch hüte dich, die Macht zu missbrauchen. Namenloses Leid trifft den, den die Gnade Elohims auserwählt vor allem Volk und der sich als schlechter Diener erweist. Bedenke immer: Macht schmeckt süßer als die süßeste Frucht und ist berauschender als der köstlichste Wein.

Als der Morgen graut und die Sonne funkelnd aus dem Meer steigt, stehen die Fürsten vor dem Tempeltor. Ein kühler Wind weht vom Meer heran, fröstelnd hüllen sie sich enger in ihre Königsmäntel. Schweigend warten sie. Ihre jungen Herzen schlagen beklommen.

Weit öffnet sich das goldbeschlagene Tor. Inmitten einer Anzahl Priester grüßt Tenupo: »Tretet näher, Lukomanen, der Segen Elohims sei mit euch.«

Sie durchschreiten den Vorhof und gelangen in die Königshalle. Auf ein Zeichen Tenupos geht der Vorhang zum Allerheiligsten geräuschlos auseinander. Im Hintergrund wird der Loki sichtbar. Die Hände, nach außen geöffnet, so vor die Stirn haltend, dass die Zeigefinger und Daumen ein Dreieck bilden, vollziehen sie den vorgeschriebenen Gruß.

»Ihr seid willkommen in Elohims Halle.« Freundlich ist die leise Stimme, sie nimmt ihnen alle Befangenheit.

»Ihr seid erkoren, die Ersten zu sein in Eya-Eyas gesegneten Fluren. Um dieses Glück zu erhalten, müsst ihr wesenlos werden. Je höher der Mensch steht, umso größer ist die Last, die er auf seinen Schultern zu tragen hat sowie die Verantwortung vor Elohim und dem Volk. Wer herrschen will, muss sich beherrschen können. Ihr werdet euer Ich aufgeben und im Du aufgehen.

Hart und steil ist der Pfad, der zum Licht führt. In dreimal sieben Tagen wird euch der Weg gewiesen – in dreimal sieben Tagen werdet ihr gewandelt dem Ring der Lichten angeschlossen. Seid ihr bereit, den schweren Weg der Einweihung zu beschreiten?«

Stumm neigen sich die Köpfe.

»So öffnet Eure Herzen, damit sie der große Geist anfülle mit seiner Gnade und sie entwerden zu Gefäßen des Lichtes.«

Der Loki schließt die Augen. Ein lichter Schimmer umweht ihn. Tenupo führt die Lukomanen hinaus. Sie werden getrennt. Eine kahle, enge Zelle wird ihr Gemach; ein paar Früchte und Wasser ihre tägliche Nahrung.

Tenupo unterweist sie, den Atem zu beherrschen und ihre Gedanken zum Schweigen zu bringen. Langsam verringert sich die karge Nahrung. Sie begrenzt sich bald auf einen Krug Wasser.

Cerbio überwindet das Fasten leichter als Nabor. Dieser wird gequält von dem Verlangen nach den gewohnten Genüssen, besonders den Früchten. Seine ganze Willenskraft zusammenraffend, bringt er den rebellierenden Magen zur Ruhe. Nach dem dritten Tag ist es geschafft. Der Wille des Körpers scheint gebrochen. Gehorsam vollführt er die Atem- und Stille-Übungen.

Mehrmals am Tag besucht Tenupo seine Zöglinge. Er legt ihnen die Hände auf, und sie fühlen sich gestärkt, als er sie verlässt.

Die ersten sieben Tage sind vergangen. Die Lukomanen begehren nichts mehr. Bleich und abgezehrt liegen sie auf ihren hölzernen Ruhebetten.

In Gegenwart des Oberpriesters wird das rhythmische Atmen gesteigert. Die Lockerung von der Körperhülle beginnt. Bereits am folgenden Tag empfindet Nabor plötzlich einen beklemmenden Druck in der Gegend des Nabels. Er spürt einen leisen Ruck, dann gleichzeitig ein Erstickungsgefühl – er hat seinen Körper verlassen. Um ihn ist mattes Licht, in ihm sieht er sich selbst auf dem Ruhebett liegen. Von stärkerem Licht umgeben, nimmt er Tenupo unweit von sich wahr. Ringsum herrscht Dunkel, tiefe Dunkelheit. Furcht will ihn anfallen, doch Tenupos Licht umhüllt ihn. Er fühlt sich innig mit ihm eins, versinkt förmlich in dessen Lichtstrahlung.

Da verlässt ihn Tenupo. Sein Licht weicht von ihm. Wieder überfällt ihn Furcht. Ein Gedanke flammt auf – Elohim. Im nächsten Augenblick ist er in seinem Körper. Ein leises Stöhnen entringt sich dem Mund. Er richtet sich auf. Vor ihm lächelt Tenupos gütiges Gesicht.

»Du hast die erste Prüfung bestanden, Nabor. Nun weißt du, dass dein Körper nur eine deiner Hüllen ist, die du nach deinem Willen benutzen und verlassen kannst.«

Nabor nickt matt. Er ist bis in seine Grundfesten erschüttert. Tenupo segnet ihn und geht.

Vergeblich bemüht sich Cerbio. Immer wieder rafft er sich auf, wenn wirre Träume ihn umfangen wollen, den Atem im Rhythmus des gewollten Dreiklangs schwingen zu lassen. Immer wieder gleitet er in Gedanken ab. Bilder seines jungen Lebens steigen auf. In dämmernden Traumzuständen halten ihn Gestalten gefangen – er erreicht nicht der heiligen Stille Seligkeit.

Der alte Priester spricht ihm begütigend zu:

»Deine Seele ist erfüllt von deines Daseins aufblühendem Schimmer. Bekümmere dich nicht, mein Sohn. Erreichst du die Pforte jetzt nicht, die dich hinausführt in die lichten Reiche unermesslicher Weiten, so möge dir das Wissen genügen, das dir eingegeben wurde, bis eines Tages sich die Bande lösen, die deines Herzens Verlangen an diese Welt fesseln.«

»Und Nabor? Fand er den Weg?«, fragte Cerbio scheu.

»Er fand ihn nach eifrigem Mühen«, antwortet der Priester, »doch bringt er gutes Rüstzeug mit. Er kennt der Hingabe letzte Ekstase, so löste er sich aus seines Leibes enger Hülle. Stark ist sein Glaube und weich sein Herz. Vollendet er den Pfad, wird er den Söhnen Eya-Eyas eine Leuchte sein.«

Wieder weilt der Oberpriester in Nabors Zelle. Die Gegenwart des Lehrers lässt den Schüler alle Schwere des inneren Ringens vergessen. Tenupo sitzt neben ihm. Weisheit entströmt seinem Mund, von dem Jungen begierig aufgenommen.

Tenupo spricht: »Wer den richtigen Weg geht, mein Freund, wird an die Hand genommen und geführt. Doch wer geht den richtigen Weg? In deinem Inneren ist eine Stimme, sie sagt dir unweigerlich, ob du auf dem rechten Weg bist oder nicht. Diese

Stimme zu hören, die fein wie eine Glocke klingt, ist Bedingung für das Finden des rechten Weges. Wenn du im Zweifel bist, horche in dich hinein. Bist du getragen von Ruhe und Gleichmaß, so erfüllt dich Harmonie und du hast das Gefühl, es kann nichts Böses geschehen, denn du wandelst auf dem rechten Weg. Doch bist du vom Weg abgewichen, ist Unruhe in dir und beklemmende Angst. Überall siehst du Wolken, überall siehst du Unheil. Dann wisse, du hast einen Fehler gemacht. Übe Vergeltung an dir selbst. Wenn du falsch gehandelt hast, sieh es sofort ein und ändere es, auch wenn du deinen Stolz beugen musst.

Die Stille ist notwendig für den, der aus sich selbst schöpft. Sie reißt ihn aus dem Weltgetriebe, hüllt ihn ein, schließt ihn von den anderen ab und lässt ihn in sich hineinhorchen. Darum übe dich, in die Stille zu gehen. Du sollst aber nicht selbstgefällig in dich hineinhorchen, Nabor. Demütig sollst du die Stimme deines Geistes hören und sie bitten: Führe mich. Führe mich hinaus aus der Enge, führe mich hinaus aus der Dunkelheit, lasse mich den Bruder erkennen, der mit mir den gleichen Weg geht. Schwinge in mir wie eine Glocke, die mich mahnt, wenn ich den Weg verfehle. Schweige nicht still, du Stimme in mir, denn mein Ohr will dich hören und meine Füße wollen dir folgen. Leite mich zum Licht.«

Die hehren Gedanken schwingen im Raum und erfüllen Nabors Seele. Der Oberpriester fährt fort: »Siehe, mein Freund, wir alle müssen ringen. Tag um Tag – mit der Einweihung kurzer Frist endet der Kampf nicht. Selbst der Weise fühlt noch den Daseinsdurst. Ich erzähle dir das, damit du weiter strebst und nicht in den Fehler verfällst, der dieser Welt eigen ist, und der besagt, du könntest dieses und jenes nicht tun, weil deine Gewohnheiten deine Füße fesseln. Ich sage dir, strebe immer weiter. Schaue nicht auf dein Ich, blicke auf das Du. Ein Du ist jeder, der deinen Weg kreuzt. Sei wahrhaftig, sei uneigennützig, denn jeder Eigennutz muss ausgeglichen werden. Sei gerecht, nicht nur gegen dich selbst, sondern gegen alle, die mit dir diesen Lebensweg gehen, die du einschließen musst und nicht ausschließen darfst. Es ist manchmal eine schwere Probe, ich weiß es wohl, aber ohne Ringen führt kein Weg nach oben. Jedes Tor, das sich öffnet, muss mit einem Opfer erkauft werden – und viele Tore sind es noch, die den Weg versperren. Vergiss es nicht. Versichere Elohim deine ganze Liebe, versichere ihm, nicht mehr von seinem Wege zu weichen, und deine Liebe trage dich an sein Herz, damit er dich aufnimmt in sein lichtes Reich, wenn die Stunde gekommen ist.«

Ein sanfter Druck der Greisenhand, dann löst sie sich aus der seinen. Ein leichter Schritt, der Vorhang fällt zurück. Stille ist um Nabor – weihevolle Stille. In seinem Inneren lebt das Gehörte und bewegt sein gläubiges Herz.

Es ist Nacht. Starr wie ein Toter liegt Nabor auf seinem harten Lager. Das fahle Licht des Mondes dringt in das enge Gemach. Ein fernes Lächeln liegt auf dem hager gewordenen Gesicht. Er ist nach innen gegangen. Kaum merkbar fließt der Atem – er schaut und lauscht in sein Inneres. In ihm ist sehnsüchtige Erwartung. Wird der dunkle Schleier reißen? Da blitzt Licht auf – ganz fern. Dann wieder, näher und stärker – und nun bricht es hervor von allen Seiten. Glutendes Licht um ihn und in ihm. Er schwimmt in einem Meer von Licht, dessen strahlendem Mittelpunkt er entgegenfliegt und sich mit ihm vereint. Er blickt in eine ungeheure Weite. Sie ist von flammendem Licht erfüllt, und ungezählte Wesen bewegen sich in ihr. Sie sind von seltener Schönheit, ihre Gesichter von wundervoller Harmonie. Die Nächststehenden schauen zu ihm hin – sie nähern sich ihm. Große Augen, in Güte leuchtend, blicken ihn an. Plötzlich zuckt im fernen Hintergrund der lichten Weite ein goldener Strahl auf. Er durchfährt den Schauenden wie ein Schlag. Noch sieht er, wie die vielen Tausende sich dem Hintergrund zuwenden; da kehrt er zurück aus der Versenkung. Er öffnet die Augen, das Erlebte schwingt in ihm nach, als sich der Vorhang bewegt. Tenupo betritt sein Gemach.

»Ich schaute in eine wundervolle Welt – wundervolle Gestalten sah ich – zahllos wie die Sandkörner am Ufer des Meeres«, stammelt Nabor wie ein glückliches Kind.

»Ich weiß es, mein Freund«, antwortet der alte Priester zum Erstaunen des Jungen. Erklärend setzt Tenupo hinzu: »Wenn ich mich mit deinem Bewusstsein verbinde, erlebe ich, was in dir vorgeht.«

»Wo ist dieses herrliche Reich?«, will Nabor wissen.

»Es ist das Lichtreich der Erde, es umschließt die Erde. In ihm liegt sie eingebettet, wie ein Kern in der Frucht. Du bist vorgedrungen in das Bewusstsein deines Geistes. Sein Licht flutete auf, durchbrach das Dunkel und trug dich empor. So wurde dir der Anblick deiner lichten Heimat zuteil, in die du zurückkehrst, wenn du des Daseins Pflichten erfüllt hast.«

»Es flammte ein Licht auf, goldener als der Schein der Sonne und stärker als ein Blitz, der vom Himmel fährt. Die Gestalten wandten sich ihm zu. Ich ertrug es nicht, es durchfuhr mich wie ein Schlag.«

In Tenupos Zügen zeigt sich ehrfürchtiges Erstaunen. Er neigt sich zu dem Liegenden, und wie ein Hauch dringt seine Stimme an Nabors Ohr: »Das höchste Geheimnis ist dir enthüllt worden, du begnadeter Jüngling. Das goldene Licht im Reich des Lokos erschautest du.«

»Das Reich des Lokos?«, wiederholte Nabor scheu. »Wer ist der Lokos?«.

»Elohim, der Allerhöchste, ist allgegenwärtig. Er ist in allen Dingen. Seine Größe zu verstehen oder nur annähernd zu erkennen, vermag unser Geist nicht. Erst wer das Reich des Lokos erlangt, kommt ihm näher. Der Lokos ist des Allvaters eingeborener Sohn, er ist der Höchste nach ihm. Er ist der Herrscher ungezählter Reiche, und auch der Erdball untersteht seiner Macht.«

Beschwörend fährt der Priester fort: »Dein Mund verschließe sich. Sprich niemals davon. Die Stunde ist noch nicht gekommen, des Lokos Walten zu enthüllen. Doch bist du erwählt worden, das Reich der Ahnen zu beschirmen. Von Osten drängt der Dunklen Schar heran. Sie kennen nicht des Lichtes wundersame Kraft und Elohims heilige Gesetze.«

Wie ein kühler Schauer nahender Gefahr legen sich diese Worte auf Nabors Seele.

Tenupo spricht weiter: »Schon einmal brachte der Dunklen niederes Wesen namenloses Leid. Oh wisse, Sohn des Ebor, wie ein Mosaikband das Haupt des Lukomanen umschließt, so umschloss das Reich der Söhne Elohims in unvorstellbarer Schönheit den Erdball. Verbunden mit dem lichten Reich, das deine inneren Sinne erschauten, erfüllte Elohims Glanz die Tage der Ahnen. Sie hatten einen strahlend schönen Leib. Sie verließen ihn und streiften ihn wieder über. Wesen des Lichtes kamen, und sie gingen mit ihnen. Himmel und Erde waren eins. Die Ahnen schwebten über der Erde, denn die Schwere war noch nicht in ihnen. In heiligen Hainen verehrten sie Elohim. Zwölf Königspaare, deren Statuen du vor unseren Tempeln siehst, waren die

Stammeseltern der zwölf Völker. Wohl tausend Jahre lebten die Königspaare in einer himmelhoch ragenden Burg – der Asgard. Erst später wurden die einzelnen Reiche gegründet, in denen jene Burgen entstanden, die den Namen der Länder wiedergaben. Die Gestirne waren nicht sichtbar, sondern strahlendes Licht aus dem Lichtreich durchflutete unaufhörlich den atlantischen Ring.

Der Lokos war der geistige Lenker.

Bis eines Tages Abkömmlinge der Dunklen, die außerhalb des atlantischen Ringes lebten, drei wunderschöne weibliche Wesen, dort eindrangen. Ihr Haar war schwarz wie die Nacht. Sie waren eingehüllt in grobe Gewänder. Sie kannten kein Gold und keine Pracht. Aber sie verstanden die Kunst des Brauens. Sie kannten die Bäume, deren Früchte sie zu Rauschtränken nutzten. Schnell lernten es die Ahnen und berauschten sich an dem Gebräu; und sie, deren Sinne so klar waren, wurden verwirrt. Sie griffen nach anderen Frauen, und das Gesetz in ihrer Brust wurde verschüttet. Sie verloren die Gabe der Schau und des inneren Hörens, sie wurden wie die Fremden.

In dieser Zeit, es waren dreitausend Generationen verkörpert, wurde der erste Loki eingesetzt. Er empfing die Gesetze, die bisher jedem als selbstverständliches Bewusstsein zueigen waren. Drei Tage lang lag er mit dem Gesicht auf der Erde, da er das strahlende Licht Elohims nicht ertragen konnte. Auf jenem felsigen Berg, wo du sie heute noch siehst, entstand die Tempelburg. Dann geschah eine ungeheure Katastrophe. Der Erdball lief durch den Schweif des Kometen Chronos, der das Sonnensystem durchkreuzte. Feuersgluten, kochende Wassermassen veränderten das Antlitz der Erde. Das Großreich der Ahnen wurde zerstört. Übrig blieb Eya-Eya, von warmen Meeresströmen umflossen. Hier bauten jene, die für rein befunden wurden, die neue Heimstätte.

Durch die Katastrophe war die Wolkendecke aufgerissen worden, die vorher die altantischen Reiche umhüllte und abschirmte. Sonne und Mond waren sichtbar geworden, aber das Licht des Reiches Elohims war erloschen. Zum ersten Mal wurde der Regenbogen sichtbar. Lot, der erste Loki, der mit denen, die Elohim die Treue gehalten, die Katastrophe überstanden hatte, sah die Naturerscheinung und fiel auf die Knie. Er dankte für die Errettung und nahm dieses Zeichen, das, wie eine Brücke gespannt, über die Atmosphäre der Erde hinausragte, als Symbol des neuen Bundes. Nur der Loki hält seitdem die Verbindung zum Lichtreich aufrecht. Er ist das Gefäß Elohims, er empfängt die göttlichen Weisungen und gibt sie weiter zum Wohle der Atlanter.«

Tenupo schweigt. Stille erfüllt das enge Gemach. Nabors Inneres ist aufgewühlt. Das Schicksal der Ahnen legt sich wie ein bedrückender Schatten auf seine Seele.

»Werde ich stark genug sein, den Dunklen zu widerstehen?«, löst sich die bange Frage von seinen Lippen.

»Du musst dich vorbereiten, um zu einem würdigen Werkzeug Elohims zu werden. Schreitest du auf diesem Wege fort, werden große Kräfte dir bewusst und große Macht dir zueigen in der Stunde der Gefahr.« Die Augen Tenupos ruhen mit zwingendem Blick in den seinen. Nabors Herz schlägt beklommen. In ihm ringen seine Empfindungen. Wie schön war dieses Leben, und nun drohen Schatten alles zu verdunkeln. Doch seine Berufung ist es, die Schatten zu bannen. Lange sinnt er nach, dann fallen schwer, wie mühsam abgerungen, seine Worte in die Stille der Nacht: »So es der Wille Elohims ist, geschehe es.«

»Es ist sein Wille«, klingt es feierlich zurück, »die Stunde der Bewährung ist dir nahe.«

Mit einem Segensgruß scheidet der Oberpriester.

Die Zeit der Einweihung ist erfüllt. Priester bringen Nabor die königlichen Gewänder und führen ihn in die Königshalle zurück. Bald darauf erscheint Cerbio. Mit freudigem Ausruf schließt er den Freund in die Arme, dann betrachtet er ihn aufmerksam. Bleich und schmal ist Nabors Gesicht, die Augen liegen tief in den Höhlen, ein seltsamer Glanz geht von ihnen aus. Auch Cerbio sieht mitgenommen aus, aber er ist froh, dass die Tage vorüber sind. In sprudelnder Lebenslust bestürmt er den Freund mit Fragen. Nabor schweigt. Als Cerbio keine Ruhe gibt, sagt er still: »Du weißt alles, warum fragst du mich.« Betreten weicht Cerbio zurück. Wie verändert Nabor ist, so ernst und still, kaum erkennt er den glücklich frohen Gefährten wieder.

Ein feierlicher Abschied wird den Freunden zuteil. Der Loki segnet die Lukomanen. Wie ein gütiger Vater spricht er zu ihnen, dann zieht er Nabor an sich und haucht ihm ins Ohr: »Dein Weg wird schwer sein – gedenke Elohims und besinne dich auf seine Kraft, die in dir lebendig wurde.«

Die fremden Gäste halten die Bewohner von Mayagard in ständiger Aufregung. Tag für Tag durchziehen sie in kleineren und größeren Haufen die Wälder und Auen und jagen und erlegen die Tiere, die bis dahin friedlich dort lebten und weideten. An ihren Speeren braten sie das Fleisch über dem offenen Feuer. Die Trinkhörner füllen sich immer wieder. Gesänge erklingen, hart im Ton und herausfordernd in Melodie und Takt. Mit wilden Sprüngen umtanzen sie die Feuer.

Die vornehmen Maya halten sich völlig zurück, nur Einzelne der Diener freunden sich mit den Tursen an.

Der alte Eseko bemüht sich, Wea die Sprache der Atlanter beizubringen. Der Turse ist ein eifriger Schüler, doch gibt der ihm gewohnte Kehllaut die Worte verstümmelt wieder. Der Palastherr macht ihn auch mit den Gepflogenheiten der höheren Maya bekannt. Schon seit Wochen trägt Wea kostbare Seidengewänder, die ihm Maya überreichen ließ. Diener salben und frisieren ihn nach atlantischer Sitte. Sein blauschwarzes Haar ist in der Mitte gescheitelt und umfließt in dunklen Locken das Haupt. Edelsteine funkeln von Stirnreif, Gewand und Händen.

Als er das erste Mal in diesem Aufzug vor Maya erscheint, ist sie betroffen von der fremdartigen Schönheit des Tursen. Belustigt hört sie seine Ansprache, die schwer und stockend von seiner Zunge fließt. Freundlich ist ihre Antwort: »Das Glück des Gastes ist das meine.« Sie führt Wea durch den Palast. Wie ein großer Junge gibt er seiner Bewunderung lebhaften Ausdruck. Er läuft hin und her. Betrachtet hier eine Schale, befühlt dort Seidenkissen in ihrer bunten Pracht. Besonders gefallen ihm die kunstvoll geschnitzten Schreine und Truhen. Alles interessiert ihn. Zwischen Ausrufen des Entzückens klingen viele Fragen auf, die Maya, so gut es geht, beantwortet. Ein Mahl aus wohlschmeckendem Backwerk, vielen Früchten und gewürzt mit Wein beschließt den Besuch, dem weitere folgen sollen.

Die Lukomanin geht unruhig in ihrem Gemach auf und ab. Seit Wochen wartet sie schon auf ihren Gemahl. Vor Tagen hat sie berittene Boten nach Bayagard gesandt, Nabors Rückkehr fordernd. Was geht in Bayagard vor, das Lichtfest ist längst vorüber.

In diesem Augenblick weicht der Vorhang. Ein Diener tritt herein, staubbedeckt sein Gewand.

»Herrin«, beginnt er, sich tief verneigend, »der Lukomane weilt im Tempel des Loki, mit ihm Cerbio, der Sohn Kaanas. Niemand darf vor ihr Angesicht.«

Nabor und Cerbio als Gäste des Loki? Was hat das zu bedeuten? Ihre Gedanken rätseln umher. Sie wendet sich zu dem Diener, der still an ihrer Seite steht. »Rufe den Priester Amatur«, befiehlt sie. Dann tritt sie an eine der Fensteröffnungen. Blicklos schauen die Augen ins Weite. Maya grübelt. Die Priester werden ihn, den Gläubigen, ganz unter ihren Einfluss bringen wollen, um durch ihn das Reich der Maya regieren, auch gegen ihren Willen. Tief graben sich die Zähne in die Unterlippen. Sie hat Huatami nicht vergessen, der sie in ihrem Stolz demütigte und ihren Willen zerbrach. Ein geringschätziges Zucken geht um ihren Mund, als sich ihre Gedanken wieder Nabor zuwenden. Nabor ist ein Träumer, er ist Wachs in ihren schönen Händen. Nur eines fürchtet sie, seinen Glauben. Für ihn ist der Loki der Mittler Elohims, ihm hat sich alles zu beugen. Verständnislos, fast mitleidig blicken seine Augen, wenn sie vorsichtig wagt, daran zu rütteln.

Eine leise Bewegung hinter ihr reißt die Lukomanin aus ihrem Grübeln.

»Du hast gerufen, Herrin?«, begrüßt sie der Priester Amatur, ein junger Mann mit bartlosem Gesicht. Fragend sieht er sie an. Mit einer Handbewegung weist Maya auf einen Armstuhl. Sie selbst lässt sich auf ihrem Ruhebett nieder.

»Mein Gemahl ist nicht zurückgekehrt«, sagt sie langsam, unter halbgeschlossenen Lidern den Priester ansehend. »Der Loki hält ihn auf der Tempelburg als Gast.«

»So widerfährt dem Lukomanen hohe Ehre«, erwidert Amatur.

Sein Gesicht bleibt unbeweglich. Vergebens forscht Maya in den beherrschten Zügen.

Lächelnd fährt Maya fort: »Eine Ehre – wohl, doch warum wird sie nur den Jüngsten, Nabor und Cerbio, zuteil?«

»Cerbio, der Sohn Kaanas, ein Lukomane?«, weicht der Priester aus.

»So verkündete es der Bote, den ich sandte«, gibt Maya kurz zurück.

»Dann hat Huatamis Gnade ihn erhoben«, meint Amatur.

»Huatamis Gnade«, eine Falte zeigt sich auf der hohen Stirn. »Es wäre einfach Recht, dem Jungen nicht zu vergelten, was der Vater verbrach. Doch warum hält Huatami meinen Gemahl zurück?«, ein feindseliger Ton schwingt auf.

Kühl ist der Blick des Priesters, als er antwortet: »Nicht ziemt es Amatur des Priesterkönigs Tun zu richten. Frage deinen Gemahl, wenn er dir zurückgegeben ist, Lukomanin.«

Langsam richtet sich Maya auf und erhebt sich. Stolz sagt sie: »Dein Rat, Priester, bannt nicht die Sorge meines Herzens. Vergebens rief ich dich.«

»Grundlos sorgst du dich, Herrin. Nabor ist in guter Hut in des Erleuchteten Burg, wo Elohims Diener den Lukomanen beschützen.« Amatur verneigt sich und geht.

»Elohims Diener«, wiederholt Maya vor sich hin. Sie, die Priester, die durch Dienen herrschen und Herrscher zu ihren Dienern machen, rebelliert es in ihr.

Von fern ertönt Hörnerklang, der näherkommend sich verstärkt. Verwundert horcht die Lukomanin auf. Von allen Türmen erklingen die lang gezogenen Töne.

Ein Kämmerer tritt herein: »Der Zug des Lukomanen nähert sich der Stadt.«

Ein freudiger Schreck durchrieselt die Frau. Nabor kehrt zurück, nun ist alles gut. Mit einem Stab schlägt sie auf ein hängendes Metallbecken, es dröhnt durch den Palast. Dienerinnen stürzen herein, Palastherren folgen ihnen.

»Lasst uns den Herrn würdig empfangen«, wendet sich Maya an sie. Eilenden Schrittes entfernen sie sich. Mit aufmunternden Worten übergibt sich die Lukomanin den kundigen Händen ihrer Dienerinnen.

Die Menschen drängen sich auf den Straßen. Sie alle wollen Nabor ihre Freude über seine Rückkehr bezeugen. Mit stillem Lächeln dankt er ihren Huldigungen. Er lenkt sein Viergespann, nur langsam kommt es vorwärts. Die Wagen nähern sich dem Tempel. Auf der breiten Treppe stehen Amatur und andere Priester.

Nabor hält an. Ein Neigen des Hauptes gilt den Priestern. Amatur löst sich und kommt auf den Lukomanen zu.

»Elohims Segen deiner Einkehr, Herr«, sagt er leise. Prüfend gleitet sein Blick über Nabors hohe Gestalt. Da wird der Priester aufmerksam, etwas an den Augen des Lukomanen und an seiner Haltung fällt ihm auf. Schon einmal sah er solche Augen voller magischem Glanz. Er erinnert sich – Tenupo – als er Maya mit dem Lukomanen vereinte, hatte die gleichen Augen. Er weiß, was das bedeutet.

»So leuchtet das Auge des Geweihten, des nach innen Geweihten. Immer erkennst du am Glanz des Auges den, der sich verbunden hat mit den lichten Mächten Elohims«, hatte ihm sein Lehrer, ein alter Priester, offenbart. Nochmals sieht er schärfer hin – es ist so. Ehrfurcht erfüllt ihn, tief neigt er sein Haupt.

Mit seltener Klarheit erkennt Nabor den Grund des auffälligen Verhaltens. Wie eine Lichtwoge umfasst sein Blick den Priester – einhüllend und erwärmend.

Amatur ist wie gebannt, seine Lippen bewegen sich – kein Ton wird hörbar. Dann klingt es zu Nabor empor: »Dank sei Elohim, dass es mir vergönnt ist, des Geweihten Antlitz zu schauen.«

Die anderen Gespanne sind herangekommen. Mit Erstaunen werden die Palastherren Zeugen der Szene.

Wieder spricht Amatur: »Eine dunkle Wolke ist erschienen, Herr. Wie ein Schwarm flatternder Mäuse sind dunkle Fremde aus dem Meer aufgetaucht und drangen in unser Land ein.« Ein schmerzhafter Stich durchfährt Nabors Herz. Die dunkle Gefahr ist da. Beherrscht fragt er: »Wo sind die Fremden?«

»Die Lukomanin empfing sie als ihre Gäste. Sie wohnen in den Häusern der Dienenden deines Palastes, Herr.«

Nabors Blick gleitet in die Ferne. »Die Stunde deiner Bewährung ist nahe«, hört er die Stimme Tenupos. Ein entschlossener Ausdruck tritt in das hagere Gesicht.

Ein Dankeswort zu Amatur, dann rattern die Wagen weiter. Unweit des Palastes erblickt der Lukomane die Dunklen. Teils in groben kurzen Gewändern, teils im Fellwams, stehen und sitzen die Krieger Weas in Gruppen herum. Neugierig richten sich viele dunkle Augen auf den herannahenden Zug.

Von dem größten der Dienerhäuser löst sich die leicht gebückte Gestalt des alten Palastherren Eseko. Beschleunigten Schrittes nähert er sich. Eine unterwürfige Geste, dann tritt er heran.

»Freude löst dein Anblick in unseren Herzen aus«, sagt er feierlich.

»Seltsame Gäste gab uns das Meer«, erwidert der Lukomane.

»Es sind Tursen, Herr. Sie kamen auf Schiffen vom Osten, wo die Sonne aufgeht. Ihr Fürst Wea ist der Gast deiner Gattin. Sie befahl, ihn zu bewirten wie die Lukomanen Eya-Eyas. Soll ich ihn vor dein Angesicht bringen?«

»Wenn der Sonne Ball zurücksinkt ins Meer und die Lichter Elohims am Himmel erstrahlen, soll der Fremde vor mein Angesicht treten.«

Eseko tritt zurück, und Nabor setzt seinen Weg fort.

Geschmückt in königliche Pracht, steht Maya auf der obersten Stufe der Palasttreppe und erwartet ihren Gemahl. Ihr Herz klopft und unruhig geht der Atem. Kaum bezwingt sie ihre Ungeduld.

Am Ende der von der Stadt heraufführenden Palmenallee wird der Wagenzug des Lukomanen sichtbar.

Von ihrem erhöhten Standpunkt aus sieht Maya Nabor herannahen. Ein Schreck durchfährt sie. Wie bleich er ist, wie ernst das schmal gewordene Gesicht. Nur die Augen leuchten in einem eigenartigen Glanz.

Nabor winkt zu ihr hinauf. Er übergibt dem Lenker die Zügel und verlässt den Wagen. Dann springt er die Treppe hinauf und schließt sie in seine Arme. Still ist es in Maya geworden. Wie ein Kind schmiegt sie sich an ihn, und wohlig empfindet sie das weiche Streicheln zärtlicher Hände. »Maya«, sagt er leise und nochmals, »Maya«. Ihr Name klingt in seinem Mund wie das Motiv einer wundersamen Hymne, die all das einschließt, was sein Herz bewegt.

Hand in Hand treten die beiden in das Innere des Palastes.

In der Halle blickt Maya zu ihrem Gemahl auf, ihre Hände ruhen auf seinen Schultern. Forschend ist der Blick, als sie sagt: »Viele Tage und Nächte sanken dahin, seit du zum Rat der Fürsten zogst.«

Zustimmend nickt Nabor: »Die Tage in Bayagard rannen dahin wie ein ferner schöner Traum, und die Nächte waren voll des Lichtes.«

Der Glanz der Augen verstärkt sich, ein glückhaftes Lächeln verklärt das Gesicht.

Verwundert sieht es Maya. Etwas Fremdes hat Besitz ergriffen von Nabors Seele; etwas, was sie nicht kennt und an dem sie keinen Anteil hat. »Fremde kamen ins Land«, sagt sie mit gepresster Stimme. Nabors Augen kehren zurück, freundlich erwidert er: »Ich weiß, Maya, ich lud sie zum Fest in den Palast.«

An vielen Orten in den Landen Eya-Eyas schießen heiße Springquellen aus dem Boden. Um sie herum errichteten die Atlanter ihre Badehäuser. Große Rundbauten, aus Marmor erstellt, mit weiten Fensteröffnungen nach allen Seiten und offenem Dach, stehen sie überall verstreut in der blütenschwangeren Landschaft. Ein großes Becken umgibt den Springquell und fängt das Wasser auf, das in glitzernden Kaskaden herniederfällt. Weißer Dunst erfüllt die Badehalle. Rund um das Becken sind Ruhebetten aufgestellt. Hier betätigen sich die Badediener und Masseure.

Nabor weilt in der Badehalle, die mit dem Palast durch einen verdeckten Säulengang verbunden ist.

In ihm schreitet Mamya auf und ab. Er wartet auf den Lukomanen. Ein Diener tritt heran: »Der Herr schläft.« Der Palastherr nickt und entfernt sich.

In der großen Halle dirigiert Premenio mit lauter Stimme die Vorbereitungen für das abendliche Fest. Diener bemühen sich, schwere Teppiche in violetten Farbtönen auf dem weißen Marmorboden auszubreiten. An den Wänden stehen Ruhebetten, bedeckt mit Seidenkissen gleicher Farbe, deren Silberborten und Quasten das dunkle Violett unterstreichen. Niedrige runde Marmortische, in der Mitte Onyxschalen in duftenden Blumen, finden ihren Platz an den Kopfenden der Ruhebetten. In große goldene Ringe, überall hoch an den Wänden angebracht, werden Ölfackeln gesteckt, die aus Mandelholz bestehen. Sie sind mit feinem Olivenöl getränkt und verbreiten beim Verbrennen einen aromatischen Duft. Auf den Schalen zahlreicher Dreifüße glimmen schon die Holzfeuer. Bald wird Ambra in ihrer Glut verschmelzen und die weite Halle mit Wohlgeruch erfüllen. Scherzhaft begrüßt Premenio Mamya: »Wohin, Gewaltiger, warum so ernst dein Gesicht, verschwand dein Herr dir im Dampf des Wassers?«

Lächelnd gibt der Angeredete zurück: »Den Lukomanen umfing der Schlaf, da braucht er nicht des Getreuen Dienste.«

»Mir scheint«, lacht Premenio, »es wäre des Getreuen ernste Pflicht, über den Schlaf des Herrn zu wachen.«

»Beruhige dich, der Herr ist in guter Obhut, der Rayaner Ekloh ist ein treuer Wächter«, bitter sagt es Mamya.

Der Palastherr sucht Maya und findet sie auf dem Dach. Auf einem Ruhebett, durch einen Teppichbaldachin vor den sengenden Strahlen der Sonne geschützt, träumt sie offenen Auges in die azurfarbene Bläue des Himmels.

Leise tritt Mamya näher. Maya wendet den Kopf: »Wo ist der Herr?« »Nach dem Bad fiel der Lukomane in einen tiefen Schlaf, Herrin«, lächelt ergeben der Palastherr.

Maya richtet sich etwas auf, mit der Rechten stützt sie den Kopf. Die grünlich schimmernden Augen richten sich voll auf Mamya, und betont fragt sie: »Was geschah mit Nabor, er ist verändert?« »Der Lukomane ist verändert, du sagst es, Herrin«, zögert der Palastherr.

»Sprich weiter, ich will dein Urteil hören«, herrscht ihn Maya an. »Der Herr ist so still und ...«, Mamya stockt. Er scheint nach einem Ausdruck zu suchen. »Und?«, forscht ungeduldig die Lukomanin. »Und so fern«, beendet er fortfahrend. »Seine Augen haben einen merkwürdigen Glanz.« Er schweigt. Eine Gebärde Mayas heißt ihn, weiter zu sprechen. Vorsichtig gibt Mamya seine Ansicht kund. »Es muss etwas Außergewöhnliches geschehen sein, das den Lebensfrohen zu einem stillen Mann verwandelt hat.« Wieder schweigt er und blickt die Lukomanin an.

Nervös nagt Maya an der Unterlippe. Er hat recht, ein anderer Nabor kam heim – ein Erwachsener, ein Gewandelter. Ein Jüngling zog hinaus, ein ernster Mann kehrte zurück. »Was mag der Grund sein?«, mehr zu sich selbst sagt es die Lukomanin.

Mamya zuckt die Achseln.

»Erzähle mir, was in den Mauern Bayagards geschah«, fordert Maya. Mamya berichtet getreulich. Er schildert die Feste des Lukomanen und das der heiligen Lichtnacht. Er spricht über Cerbios Freispruch und Seine Berufung, nur über die Vorgänge im Tempel weiß er nichts.

Missmutig hört Maya zu. Kein Licht durchbricht das Dunkel des Geheimnisses, das hier zu walten scheint.

»Lass mich allein, Mamya«, sagt sie kurz.

Gezwungen lächelt der Palastherr und wendet sich zum Gehen. Da stockt sein Fuß, ein Gedanke ist ihm gekommen. Er tritt wieder näher. »Die Priester Mayagards empfingen den Herrn auf der Treppe des Tempels.« Mit lebhaften Worten erzählt er der Aufhorchenden von der Begegnung Nabors mit Amatur und dessen auffälligem Verhalten.

»Amatur«, sagt Maya. Mutlos lässt sie die Schultern sinken: »Amatur schweigt.« Eine Handbewegung entlässt Mamya.

»Ärgerlich«, denkt sie. Sie halten zusammen, diese Priester. Niemand dringt in ihre Geheimnisse ein. Und nun ist auch Nabor ihnen verfallen. Bis in ihr Ehegemach reicht Huatamis Macht, das

Liebste ihr entfremdend. Zum zweiten Mal wäre sie ihm unterlegen. Sein Spruch nahm ihr das Reich, sein Einfluss den Gemahl, der völlig ihr zu Willen war, so dass sie den Verlust der Macht kaum empfand. In selbstquälerischer Pein wälzt sich Maya unruhig hin und her. Wie eine Gefangene im prunkvollen Käfig, dessen unsichtbare Mauern näherrücken und ihr die Brust beschweren, flüstert tiefe Erbitterung in ihr. Wie ein Albdruck lastet die Vorstellung auf ihr. Sie will Gewissheit haben. Gleich wird sie Nabor fragen. Aber wird er ihr Rede und Antwort stehen? Schließlich hält es sie nicht länger auf dem Ruhebett. Mit einem Ruck erhebt sie sich. Erregt durcheilt sie das Dach und bleibt am Rand stehen. Wie schön ist diese, ihre Welt. Frei will ich sein, leben in Macht und Herrlichkeit. Sie breitet die Arme der Sonne entgegen, als wolle sie deren Hilfe anrufen. Der innere Krampf löst sich – da erschreckt sie ein Geräusch und sie fährt herum. Niemand ist zu sehen. Schnellen Schrittes ist sie an der Treppe, die in das Innere des Palastes führt. Sie spät hinunter – nichts ist zu sehen. Beruhigt kehrt sie zu ihrem Ruhebett zurück und lässt sich in die Kissen fallen. Es ist ihr plötzlich, als strichen zärtliche Hände über ihr Gesicht. »Nabor«, flüstert sehnsüchtig der volle Mund.

Die Königshalle des Palastes strahlt im Schein vieler Fackeln, die leise knisternd sich verzehren. Ihr flackerndes Licht spiegelt sich in den Marmorwänden, verstärkt beleben die Strahlenbündel das dunkle Violett der Teppiche, Vorhänge und Kissen. Hell blitzend bricht sich das Licht an silbernen Borten, Quasten und Fransen. Nach oben geöffnet, wird der Blick gefangen vom nächtlichen Himmel in seiner flimmernden Sternenpracht.

Auf eine teppichbelegte Erhöhung führen wenige Stufen zu den Stühlen des Lukomanen-Paares.

In den Nebengemächern, durch Vorhänge getrennt, stimmen die Spieler ihre Instrumente, warten die Tänzer und Tänzerinnen. Die Diener laufen hin und her und bringen große Platten mit Früchten aller Art: Ananas, Orangen, Trauben, Bananen, Datteln, Feigen und Nüsse verschiedener Größen. Auf anderen Platten häuft sich Backwerk aus Reismehl in vielfältigen Formen. In goldenen Krügen steht der Wein bereit.

Dumpf tönt der große Gong am Eingang der Halle.

In Festgewändern nahen die Palastherren, ihnen folgen die Kämmerer. Sie durchschreiten die Halle und nehmen zu beiden Seiten der thronartigen Erhöhung Aufstellung.

Wieder tönt der Gong – einmal, zweimal.

Ein Vorhang öffnet sich. Maya erscheint, gefolgt von ihren Frauen. Weiße Seide umschmiegt die schlanke Gestalt. Ihr einziger Schmuck ist eine Reihe ausgesuchter Perlen. Eine Perlenschnur windet sich auch durch ihre leuchtenden Haare. Die Lukomanin lässt sich auf dem linken Sessel nieder. Prüfend schweift ihr Blick in der Runde. Offenbar befriedigt, erntet Premenio ein freundliches Lächeln, das er mit einer Verneigung quittiert. Die Hörner erschallen auf den Türmen des Palastes. Dreimal dröhnt der Gong.

Der Lukomane kommt allein. Dunkelviolett, vereint mit Silber, die Lieblingsfarben Nabors schimmern auf. Ein silberner Reif, von dem ein großer Topas auf die Stirn tropft, umschließt das blonde Haupt. Das gelbliche Feuer von Topasen in allen Größen sprüht von den silber geflochtenen Halsketten, den Armringen und den Silberborten des Gewandes. In silberfarbenen Schuhen schreitet der Herrscher durch die Halle. Tief verneigen sich die

Hofleute. Die Lukomanin hat sich erhoben. Das Violett, das Nabor von allen Seiten umgibt, lässt das scharfgeschnittene Gesicht noch bleicher erscheinen.

Ein mildes Lächeln verwischt die harten Konturen, als er seiner Gattin den königlichen Gruß erweist. Gelassen nimmt er neben Maya Platz. Ein Wink ruft Mamya herbei. »Führe den Fremden vor mein Angesicht.«

Mit anderen Palastherren entfernt sich Mamya, um den Tursenfürsten herbeizurufen. Ein Pfad weicher Teppiche führt zum Haus des Tursen. An ihm entlang beleuchten zahlreiche Palastknaben mit ihren Fackeln den Weg.

Geführt von Mamya und Eseko und gefolgt von den anderen Palastherren, wird Wea in die Halle geleitet. Angesichts der sinnverwirrenden Pracht bleibt der Turse überrascht stehen. Ein weißes Prunkgewand, rubinübersät – ein Gastgeschenk Mayas – lässt die braune Hautfarbe noch dunkler, das schwarze Haar noch schwärzer erscheinen. Mit geschmeidigen, eigentümlich federnden Schritten nähert sich Wea dem Lukomanen-Paar. Eseko bleibt hinter ihm, um notfalls der Verständigung zu dienen.

Erstaunt gleitet Nabors Blick über die Erscheinung des Fremden. Wie zuvor Maya, empfindet auch er den fremdartigen Reiz des Tursen. Er erhebt sich, neigt das Haupt, und sagt: »Seid mir willkommen, Wea, Fürst der Tursen. Verweile als mein Gast im Schutze meines Landes. Die Sorge um dein Wohlergehen wird erste Pflicht des Lukomanen sein.«

Zur nicht geringen Überraschung der Anwesenden erwidert Wea in wohlgesetzter Rede in der Sprache Eya-Eyas, nur wenig von fremdem Akzent gefärbt.

Maya blickt dankbar Eseko an, der befriedigt lächelt. Viele Mühe hat es sich der alte Palastherr kosten lassen, seinem

Schützling die fremde Sprache beizubringen. Erleichtert wurde ihm das Unterfangen durch den zähen Willen des Tursen und seine Aufmerksamkeit. Eine Handbewegung des Lukomanen, und Premenio geleitet den Tursen zu einem Ruhebett neben dem Thron. Die Kämmerer bemühen sich um den Gast.

Musik rauscht auf, das Fest beginnt. Es ist eine Symphonie der Schönheit und des Glanzes, die alle Sinne befriedigt. Als der junge Morgen erwacht und die Sonne von Atlantis aus dem Meer steigt, wird Wea unter Hörnerschall zurückgeleitet.

Große Herden wilder Pferde durchstreifen die blühenden Auen Eya-Eyas. Leicht sind sie zu fangen, denn alle Tiere leben friedlich nebeneinander, weil der Mensch sie in Frieden gedeihen lässt. Er spielt mit ihnen, er nutzt sie für Arbeitszwecke, aber der Ahnen heiliges Gesetz verbietet ihm, ihr Leben zu gefährden. Unfassbar ist den Mayas das wilde Jagen der Tursen. Mit Abscheu beobachten sie, wie die Fremden das Fleisch der getöteten Tiere über den Feuern braten und verzehren.

Bei seinen Ausfahrten hört Nabor bewegende Klagen. »Sie jagen unsere Tiere, Herr. Verängstigt und furchtsam weichen sie uns schon aus, und folgen wir ihnen, dann wenden sie sich gegen uns.« Dem Lukomanen wird die ganze Tragweite des Treibens der ungebetenen Gäste bewusst. Er sinnt nach und grübelt darüber, wie er dem begegnen könnte. Er kommt zu keinem Entschluss. Das Gastrecht verbietet ihm, die Fremden fortzuschicken. Und würden sie gehen, wenn er es befiehlt? Sie haben Speere mit Spitzen aus blinkendem Metall, die sie todbringend durch die Lüfte schleudern. Sie würden nicht zurückschrecken vor dem Tod eines

Menschenlebens. Wie machtlos ist er in all seinem Reichtum und Glanz. Sie werden das reine Bewusstsein seines Volkes zerstören. »Hilf, Elohim«, betet sein Herz, »befreie uns von der Dunklen Last.«

Ein lichter Hauch umfängt ihn und hüllt ihn ein, ihm alle Schwere nehmend. Beglückt schließt er die Augen. Licht glutet in ihm auf und in diesem Lichtglanz schwingt entrückt seine Seele. Eine hauchfeine Stimme raunt in ihm: »Warte, bis deine Stunde kommt.«

Da betritt Maya das Gemach. Sie sieht ihren Gemahl, wie schlafend, auf dem Ruhebett liegen. Ein fernes Lächeln verschönt sein Gesicht. Als sie näher tritt, öffnet Nabor die Augen. Ein faszinierender Glanz leuchtet ihr entgegen. »Du hast geschlafen, Geliebter«, ihre weiche Stimme umkost ihn. Er erhebt sich und zieht Maya zu sich. Zärtlichkeit blüht auf. Sie spielt mit den langen Locken seines Haares. Er spürt die Wärme seiner schönen Frau, und liebevoll streicheln sie seine schlanken Hände.

»Du bist immer so still und fern.« Mamyas Worte stehen im Raum. Nabors Gesicht wird ernst. »Oft habe ich dich nicht wiedererkannt, seit du heimgekehrt bist aus Bayagard«, hört er Maya sagen. Seine Augen lösen sich von ihr, sie suchen die Weite. Eine Weile herrscht Stille, in der die Frau ihr Herz schlagen hört. In feierlichem Ton wird ihr die Antwort zuteil. Mit verklärtem Ausdruck sagt Nabor: »Elohims Licht streifte mich.« Verständnislos starrt Maya ihren Gemahl an. Ihr Herz krampft sich zusammen. Huatami spricht aus ihm, geht es ihr lähmend durch den Kopf. Was sie fürchtete, ist eingetreten. Stumm lehnt sie in seinen Armen, dann löst sie sich. Mühsam erzwingt sie ein Lächeln. Sie muss allein sein, zu bitter ist die Erkenntnis, teilen zu müssen mit dem verhassten Hohepriester.

Erfüllt von seinem Glück, bemerkt Nabor die Veränderung nicht, die in seiner Frau vorgegangen ist. Wieder zieht er sie in seine Arme, doch widerstrebend macht sie sich frei. Kühle umweht sie, und ihre Augen zeigen einen harten Glanz. »Wea hat zur Jagd eingeladen, er wird bald erscheinen«, sagt sie kalt.

Betroffen horcht der Lukomane auf. »Zur Jagd?« Dann fügt er hinzu: »Dieser blutigen Unsitte der Fremden halten wir uns fern.«

Der bestimmte Ton reizt den Widerspruch Mayas, so dass sie erwidert: »Der Mut des Mannes stählt sich in der Gefahr.«

»Es ist kein Mut, ein wehrloses Tier zu erschlagen«, gibt Nabor ruhig zurück.

»Die Atlanter meiden den Kampf, weil sie ihn fürchten«, begehrt sie vehement auf.

»Maya, was redest du!«, beschwörend sagt es der Lukomane. Doch jetzt bricht es aus ihr heraus – unbezähmbar. Die innere Verbitterung, die sie quält, dringt über die bebenden Lippen, die Augen funkeln voller Zorn:

»Feige seid ihr Atlanter in euren Herzen, gebannt durch die Macht der Priester. Sie schaffen die Gesetze, die euch die Hände binden. Sie leiten euch wie unmündige Kinder. Nicht Herren seid ihr eurer selbst, nur Knechte ihres Willens. Auch dir zerbrachen sie deinen stolzen Freimut und verdunkelten dir die Sinne und das Gemüt.« Tief aufatmend hält die Lukomanin inne.

Wie zur Abwehr hat Nabor die Hände erhoben. Trauer ist in ihm, und voller Mitleid blickt er auf die Zornige.

Da dröhnt der Gong. Ein Kämmerer erscheint: »Der Tursen Fürst betrat die Halle.«

»Maya«, sagt Nabor mit herzlicher Güte. »Lass uns ihm klarmachen, dass es nicht Brauch der Fürsten Eya-Eyas ist, Tiere zu jagen.«

»Dem Wunsch des Gastes zu willfahren, dünkt mir ein besserer Brauch.« Stolz wendet sich die Lukomanin ab. Der Vorhang schlägt hinter ihr zusammen. Nabor ist allein.

Sinnend geht er auf und ab, dann bleibt er stehen. Ihm ist die Lage eindeutig klar geworden. Will Maya in ihrem Trotz die Wege der Fremden gehen, so mag sie es tun. Er bleibt sich selbst getreu und Elohim.

In der Königshalle wartet Wea mit einigen Oberen seines Stammes. In Fellwams mit Hornketten geschmückt, treibt eine innere Unruhe den Tursen hin und her. Endlich erscheint Maya. Sie trägt ein fußfreies Gewand, das Haar mit Bändern eng umschnürt, an ihrem Gürtel blitzt ein tursischer Dolch. Bewunderung leuchtet aus Weas Blick. Mit kurzen Worten dankt sie und blickt sich um. Nabor ist noch nicht da. Was wird er tun? Die Erregung in ihr ist abgeklungen, nur ein unbehagliches Gefühl blieb.

Mamya betritt die Halle, kommt gemessenen Schrittes näher. »Wo ist der Herr?«, fragt Maya. Der Palastherr antwortet ihr nicht, sondern wendet sich an Wea. »Der Herr dankt dir, Fürst der Tursen, doch unmöglich ist es dem Lukomanen, die hehre Sitte der Ahnen zu durchbrechen. Glück walte über deinem Beginnen.«

Erstaunt funkeln die dunklen Augen des Tursen Maya an. Unschlüssig verharrt sie schweigend, den Mund zusammengepresst, die Augen schließen sich zu einem schmalen Spalt. Nabor wirft den Ball zurück. Sie rief den Zwiespalt in ihm wach. Sie stellte ihn vor die Entscheidung, seinem Glauben zu folgen oder der äußeren Ehre als Gastherr Genüge zu leisten. Nun muss sie sich selbst entscheiden. Folgt sie dem Tursen, verletzt sie ein ungeschriebenes Gesetz und nimmt offen Partei für die Fremden, gegen Nabor und ihr Volk. Lehnt auch sie ab, unterwirft sie sich der Tradition, muss sie sich aufgeben in ihrem Herrscherwillen. Sie hat sich in ihr eigenes Netz verstrickt. Ein schwerer Kampf tobt in ihrem Inneren. Minuten verstreichen – da sagt Wea: »Ist in deinem Land die Königin nicht Herrin ihres Willens?«

Das gibt den Ausschlag. Ihr Stolz bäumt sich auf. Hocherhobenen Hauptes schreitet sie dem Tursen voran zur Halle hinaus. Mit triumphierendem Lächeln folgt ihr Wea. Er begehrt dieses schöne Weib und will sie besitzen, wenn erforderlich sogar mit Gewalt.

Schwarze Hengste mit weißer Mähne und Schweif, ein seltenes Züchtungsprodukt, der Lukomanin gehörig, reißen den leichten zweirädrigen Wagen in rasender Fahrt durch Mayagard ins Freie. Die Schnelligkeit der Fahrt benimmt Maya fast den Atem. Krampfhaft umklammern ihre Hände den Wagenrand. Doch des Wagenlenkers nervige Fäuste halten sicher die Zügel und zwingen die feurigen Pferde unter ihren Willen. Hinter dem Viergespann jagt Wea mit seinen Tursen. Auf den Hals der Pferde gebeugt, hocken sie, ohne Sattel oder Decke, auf den Rücken ihrer Pferde, sie mit wildem Ruf zu noch schnellerer Gangart antreibend.

Nabor sieht von den Zinnen des Daches dem Jagdzug nach. In ihm herrscht eine große Leere, und ein paar Mal würgt es ihm in der Kehle. »Dein Weg wird schwer sein«, sagte Huatami. Es fröstelt den Lukomanen in der heißen Sonne. Mamya betritt das Dach. Blicklose Augen schauen ihn an. Er sieht mich nicht, denkt er. Mitleid mit dem jungen Herrn steigt in ihm auf, und mit wortloser Verneigung zieht er sich zurück.

Wie eine wilde Jagd braust der Zug durch die Straßen der Stadt. Verwundert heben die Mayas die Köpfe, manches missbilligende Wort wird laut. Die Lukomanin sieht und hört nichts, sie ist ganz hingegeben dem Rausch der rasenden Fahrt. Losgelöst von aller Schwere, bemächtigt sich ihrer das Gefühl seligen Freiseins.

Das Jagdgebiet ist erreicht. Langsam fährt der Wagen auf eine Anhöhe. Von hier öffnet sich ein Ausblick auf weite Wiesen, die vereinzelt mit Gebüsch bedeckt sind. Wasserarme durchziehen das Gebiet, an das sich große Reisfelder anschließen, im Hintergrund von dunklen Wäldern begrenzt.

Die Reiskultur wird in Eya-Eya im großen Stil betrieben. Gequollener Reis bildet neben den Früchten den wichtigsten Bestandteil der Ernährung. Aus Reismehl wird auch alles Backwerk hergestellt. In Verbindung mit Milch und Fruchtzucker werden die köstlichsten Speisen bereitet. Der Atlanter bevorzugt wegen der gleichmäßig warmen Temperatur kalte Speisen, auch der gequollene Reis wird kalt gegessen. Gekühlter Traubensaft oder Wein sind die Lieblingsgetränke.

Die Tursen schwärmen aus. In langer Reihe geht es erst vorwärts, dann schwenken sie einzeln ein und jagen mit wildem Geheul durch die Wiesen, aufgescheuchte Tiere vor sich hertreibend. Einige von ihnen werden mit wohlgezielten Speerwürfen getötet. Plötzlich bricht ein großer schwarzer Panther aus dem Unterholz. Er nähert sich in mächtigen Sprüngen der Anhöhe, von der Maya, auf dem Wagen stehend, die Jagd beobachtet. Einige Tursen verfolgen das Tier. Speere schwirren durch die Luft. Ein Aufbrüllen des Panthers – die Spitze eines Speeres ist ihm in die Flanke gedrungen. Er bricht ein, niedergeworfen von der Wucht des Anpralls. Dann springt er aufheulend, mit einem mächtigen Satz, in die Höhe. Der Speer gleitet aus der Wunde – der Panther jagt die Anhöhe hinauf. Entsetzt starrt Maya, keines Lautes fähig, in die blutunterlaufenen Augen des wütenden Tieres. Der Panther zögert einen Augenblick, duckt sich, und setzt zum Sprung an. Ein greller Schrei Mayas ertönt, während eine dunkle Gestalt direkt vor dem Wagen landet. Ein Dolch blitzt auf, und tief dringt die Waffe in Rachen des Panthers, der mit gurgelndem Wehlaut zurückfällt.

Die Gefahr erkennend, als das Tier auf den Hügel zujagte, auf dem er Maya weiß, hat Wea sein Pferd herumgerissen. Im gestreckten Galopp, auf dem Rücken des Pferdes stehend, ist er seitwärts herangebraust, um mit einem gewaltigen Sprung im letzten Augenblick großes Unheil abzuwehren.

Totenbleich lehnt Maya am Wagenrand. Ein mattes Lächeln dankt dem Tursenfürsten. Ein Trunk frisches Wasser, schnell in einem Horn herbeigeschafft, stärkt die Lukomanin. Erschrocken sieht sie, dass Weas Rechte blutet. Die Zähne des Panthers haben im Todeskampf tiefe Wunden gerissen.

Lächelnd wehrt der Turse ihrer besorgten Fragen ab. Ein paar große Blätter werden um die Hand gewickelt, dann gibt Wea das Zeichen zur Heimfahrt. Schweigend reitet er neben Mayas Viergespann, das auf seinen Befehl langsam fährt.

Die überstandene Todesgefahr zittert noch in Maya nach. Verstohlen blickt sie zu ihrem Retter hinüber.

Ein Bild vollendeter Männlichkeit, sitzt Wea, wie angegossen, auf seinem Schimmelhengst. Das rassige braune Gesicht mit dem kühnen Profil, die blauschwarz glänzenden Haare, sehnige Beine und Arme geben den Eindruck selbstsicherer Kraft.

»Immer noch bewegt mich dein Mut, Wea, mit dem du mich aus höchster Gefahr gerettet hast«, sagt Maya mit bewunderndem Tonfall.

Ernst antwortet der Turse: »Mein Leben ist Kampf, Königin. In den Bergen und Wäldern meiner Heimat lauert der Tod in vielen Gestalten, und nur der Kampferprobte vermag zu bestehen, denn hart ist das Leben der Tursen.«

»Niemals hätte ein Atlanter Gleiches getan«, gibt Maya ihren Gedanken Ausdruck.

»Dein Volk, Herrin, lebt in einem schönen Traum. Nie zuvor erblickten meine Augen ein so herrliches Land, wo Tiere und Früchte in verschwenderischer Fülle gedeihen und der Menschen Dasein ohne Schwere dahinfließt.«

»Alles ist ihnen Spiel«, sagt die Lukomanin bitter. »Sie meiden den Kampf. Sie folgen gehorsam wie die Schafe dem Hirten den Worten der Priester, die ihnen ein noch glücklicheres Sein im Reiche Elohims verheißen.«

Forschend wird Weas Blick. Wort und Ton lassen erahnen, dass die schöne Herrin nicht glücklich ist. Vorsichtig erwidert er: »Ich kenne Elohim nicht und weiß nichts von seinem Reich. Des Sonnengottes Licht und Glanz gibt unserem Leben Kraft und Stärke. Er durchdringt alles Sein. Er sättigt unseren Leib und froh wird das Gemüt in der Glut seiner Wärme.«

»Der Sonnengott?« Maya versucht den Sinn zu erfassen. Dann fragt sie: »Du meinst die Sonne, die uns leuchtet, wie kann sie ein Gott sein?«

»Erweckt die Sonne nicht das Leben in vielfältiger Form und bringt das Erweckte zu herrlicher Blüte. Herrschen nicht Dunkel und Tod, wo ihr lichter Strahl nicht hindringt«, gibt Wea zu bedenken. Ein kurzes Schweigen, dann fährt der Turse fort: »Immer wieder steigt sie siegreich auf, die Macht der Dunkelheit überwindend. Sie wird und stirbt und ersteht wieder. Wie sie, so alles Leben, das deine Sinne wahrnehmen, Königin.«

Maya sinnt darüber, denn seine Worte klingen in ihr nach. »Wie einfach und natürlich ist das«, sagt sie zustimmend. »Dein Gott steht dir sichtbar vor Augen, kein dunkles Geheimnis verschleiert ihn dir. Er ist ein Gott, diesem Leben hold, ein ewig Werdender und Sterbender, dem Menschen nahe und unmittelbar in der Macht seines Wirkens zu fühlen. Der Gott von Atlantis ist ein Gott im Dunklen, niemand kennt ihn, niemand sah ihn, nur der Mund der Priester verkündet ihn.«

»Ein Traum ist es, was deine Sinne nicht erkennen, Königin.« Bestimmt sagt es der Turse und fügt hinzu: »Mein Gott ist der Gott der Tat. Er streitet, kämpft und siegt; und der Mensch muss kämpfen wie er, wenn er bestehen will. Der siegreiche Kämpfer ist ihm nahe, nicht der Priester, der ihn nur preist, und darum ist der Priester nur des Kriegers Diener und sein Helfer.«

Der Lukomanin Augen werden groß. Eine wundersame Rede ist das Vernommene in ihren Ohren.

»Wenn ein Sohn mir beschieden würde, so soll der Sonne Freiheit ihn umfluten. Er soll als Kämpfer voller Mut die Gefahren suchen und bezwingen. Ein Herr soll er sein, kein Knecht der Priester.« Die grünschimmernden Augen glühen, die Stimme hat einen metallenen Klang.

Der Anblick Mayas in ihrer Erregung, dieses herrlichsten Geschöpfes, das je sein Auge geschaut, verschlägt Wea fast den Atem. Ein unbezähmbares Verlangen nach ihrem Besitz brennt in ihm. Er beugt sich und streckt die Rechte vor: »Die Hand, die dich schützte in der Gefahr, legt ein Reich dir zu Füßen, in dem du Herrin bist nach deinem Willen. Und wagte ein Priester oder Knecht dir zu widerstehen, der Königin, so würde«, drohend schwingt die wunde geballte Hand, »diese harte Faust ihn zerschmettern wie einen tollen Hund.« Der elementare Ausbruch des sonst so beherrschten Tursenfürsten erweckt in Maya die widerstreitendsten Gefühle. Den Mund schmal, das Gesicht verschlossen, die Augen verschleiert vom seidenen Schimmer langer Wimpern, so fährt die Lukomanin stumm und regungslos, einer Statue gleich, durch die belebten Straßen Mayagards. Vor dem Palast angekommen, hilft ihr der Turse vom Wagen. Ihr Blick dringt in den seinen, und mit einem leichten Lächeln sagt sie, die wunde Rechte vorsichtig ergreifend: »Dieser Hand danke ich mein Leben. Sie will ich rufen, wenn mein freiheitliches Herz die Enge zerbrechen will.«

»Ich warte, Herrin, und das Reich der Tursen wartet der Königin.« Freude leuchtet aus den dunklen Augen. Es treibt ihn, sie an sich zu reißen, doch er bezwingt sich. Steif und würdevoll verneigt er sich, wie es die Sitte fordert, und gibt ihr den Weg frei.

Mit schweren Füßen steigt Maya langsam die Stufen zum Palast empor. Wie wird sie ihrem Gemahl begegnen. Hochmütig wirft sie den Kopf zurück, rafft sich stolz auf. Sie wird kämpfen für sich und ihres kommenden Sohnes Freiheit. Entschlossen durchschreitet sie das Tor.

Freundlich empfängt sie Nabor. Maya ist überrascht. Sie hatte Vorwürfe zu hören erwartet, für die sie sich wappnete. Nichts dergleichen. Er ist gleichmäßig ruhig wie immer, nur in seinen Augen glimmt ferne Trauer.

Lebhaft, um ihre Unruhe zu verdecken, schildert die Lukomanin ihr Erleben und preist die kühne Tat des Tursen, der sie einer tödlichen Gefahr entriss.

Nabor bleibt still, dann sagt er: »Ich werde ihn königlich belohnen für seine Tat.«

»Du würdest ihn kränken, wie du ihn kränktest, als du seiner Einladung nicht folgtest«, entgegnete Maya gereizt.

»Du wirst müde sein, Maya, pflege der Ruhe«, ist die gelassene Antwort. Der Lukomane verlässt die Halle und begibt sich zum Tursenfürsten.

Die Ruhe und Freundlichkeit Nabors macht Maya unsicher. Ein Gefühl der Verlassenheit überkommt sie. Er geht über mich hinweg, behandelt mich wie ein störriges Kind, nagt es in ihrem Inneren. Eine unsichtbare Wand scheint aufgerichtet zwischen ihr und ihm. Noch kann ich zurück – aber um welchen Preis. Wieder schwingt das Geschehen der letzten Stunden in ihr herauf. Sie erlebt es nochmals in allen Einzelheiten. Das Bild Weas steht vor ihr. Er begehrt sie. Sie empfand es schon lange, aber erst heute wurde es ihr zur Gewissheit. Wea oder Nabor – der eine mit allen Sinnen in kraftvoller Mannesblüte diesem Leben hingegeben. Ein Barbar, gewiss, aber wandlungsfähig. Der andere aus altem Königsgeschlecht, verfeinert bis in die Fußspitzen und vollendeter Ausdruck atlantischer Geistlichkeit und Kultur. Ohne Ehrgeiz, außer dem, in Harmonie und Schönheit durch seine Tage zu wandeln, um einst, frei von Schatten, heimzukehren in das Lichtreich, an das sein gläubiges Herz glaubt und das er ersehnt.

Schwer ringt sich der Atem aus der Brust Mayas. Sie kann ihm nicht folgen auf seinem Weg. Sie liebt das pulsierende Leben. Sie liebt die Macht. Sie will leben, will herrschen und walten nach ihrem Willen. Sie hoffte, es durch ihn tun zu können, doch diese Hoffnung ist zerbrochen. Freundlich gleichmütig verweist er sie auf den Platz der Gattin, nimmt ihr die Macht und überlässt es ihr, sich damit abzufinden. Maya findet sich nicht mehr zurecht. Irgendwie fühlt sie sich entwurzelt. Wer kann ihr helfen? Die Götter von Atlantis helfen nur dem, der den Priestern folgt. Sie aber hat kein Vertrauen zu ihnen, sie ist in dieser Welt – ihrer

Heimatwelt – eine Fremde geworden. Wieder taucht das kühne Gesicht Weas vor ihr auf: Das Reich der Tursen wartet der Königin. Noch klingt es in ihren Ohren, und ein triumphierendes Lächeln erhellt mit hartem Glanz das schöne Gesicht.

Zur großen Überraschung Esekos steht plötzlich der Lukomane in der Halle des Hauses, das den Tursenfürsten beherbergt. Mit vielen Verbeugungen und Redensarten empfängt der alte Palastherr seinen Herrscher.

Nabors Blick gleitet über ihn hinweg. Er überhört die Phrasen und fragt kurz nach Wea.

»Er begab sich zur Ruhe, Herr. Seine Hand war blutig vom Biss des Panthers. Ich pflegte ihn, nun schläft er«, dienert untertänig der Alte. »Teile ihm mit, dass ich ihn hier erwarte«, erklingt kühl der Befehl. Eseko verschwindet eilend.

Der Lukomane wartet. Seine Sinne sind nach innen gerichtet. Er weiß, jetzt kommt die Entscheidung.

In inbrünstigem Gebet hat er auf der Zinne des Palastes, nach dem Weggang Mayas, um innere Fassung gerungen. Der Schmerz, welcher der ersten Leere folgte, war so gewaltig gewesen, dass es ihn schüttelte wie ein Sturm. Bis sein wehes Herz sich durchgerungen und seine Lippen leise die Worte stammelten: »So es dein Wille ist, Elohim, geschehe es.«

Langsam war Ruhe in ihm eingekehrt. Er war in die innere Stille geglitten, wo wieder die feine Stimme raunte: »Deines Herzens Opfer befreit Atlantis von der Dunklen Schar. In Frieden lasse sie ziehen, auch das Weib, das sich selbst mehr liebt als dich.«

Sein demütiges Herz bebte in einem letzten schmerzhaften Zucken, dann hatte er gefasst sein Schicksal auf sich genommen. Ein Klirren von Metall lässt ihn den Kopf wenden. Wea ist erschienen. Schwerer Metallschmuck liegt, in Blättchen ringförmig angeordnet wie ein Panzer, über Schultern und Brust. Höflich dankt Nabor für die Errettung Mayas.

Mit unverkennbarem Stolz wehrt der Turse ab. »Es war meine Pflicht, die Königin zu bewahren, denn ich führte sie in die Gefahr.« Nabor nickt zustimmend. Einem plötzlichen Impuls folgend, geht er unvermittelt auf sein Ziel los.

»Schon viele Monde entbehrt der Tursen Reich die Hand seines Herrn. Fast fühle ich mich schuldhaft, dich, als meines Hauses Gast, fernzuhalten von deiner Fürstenpflicht.«

Befremdetes Erstaunen malt sich in Weas Zügen, und er zögert mit der Antwort.

Unentwegt umschließt der Lichtkegel der Strahlaugen Nabors den Tursen. Ein merkwürdiger Schimmer legt sich um die Gestalt des Lukomanen. Es ist ein wortloses Ringen – Sekunden verstreichen. Wea wird unsicher, er kann den Blick Nabors nicht mehr ertragen und schlägt die Augen zu Boden. Stockend sagt er: »Zum Kampf fuhr ich aus, doch die Schönheit deiner Frau hielt mich gefangen, so blieb ich als ihr Gast, und meine Männer wurden angehalten zu friedlicher Jagd.«

»Deiner Männer Wünsche zu erfüllen, soll meiner Diener Schar dir deine Schiffe mit Gold und Edelsteinen füllen, damit die Fahrt nicht vergeblich war.«

Unwillen zeigt sich im Gesicht des Tursen, doch er bezähmt sich. »Reich beschenkt durch deiner Freundschaft Huld kehre ich zurück, doch deines Goldes bedarf es nicht«, erwidert er stolz.

»Meine Freundschaft bleibt dir auf deinem Weg«, sagt Nabor und streckt dem Tursen die Hand hin.

Wea zögert. Kann er die Freundschaft eines Mannes annehmen, dessen Weib er mit allen Sinnen begehrt. Aber hatte ihn nicht dieser Atlanter listig beim Wort genommen. List gegen List. Sein Gesicht verzieht sich zu einem breiten Lächeln, dann schlägt er ein.

Mit schmerzlicher Klarheit empfindet Nabor das Doppelspiel des Tursen. Wüsste er es nicht, der kalte Blick der dunklen Augen ließe es erkennen.

»Wenn des Schicksals Mächte es mir vergönnen, dich in der Tursen Berge gastlich zu empfangen, will ich dir danken«, beginnt Wea von Neuem. »Hier kann ich es nicht. Vieles sah ich in deinem Reich, was mir fremd und manches, was den Tursen helfen könnte, ihres Lebens hartes Los zu lindern.«

»So wähle dir, was du für wert erachtest, da du weder Gold noch Edelsteine begehrst«, erwidert ruhig der Lukomane und fährt fort, »Eseko wird deine Wünsche hören, und dir zu dienen ist sein Amt.«

»Deine Großmut wird mir Richtschnur sein. Nur das Wertvollste wird Weas Hand ergreifen, um es heimzuführen in meiner Väter Land. Dein Wort lässt mir die Hoffnung, dass meine Wahl keinen Schatten auf unserer Freundschaft Tage beschwören wird.«

Der höhnische Blick unterstreicht die Doppelzüngigkeit seiner Worte.

Die verhüllte Feindseligkeit der Atmosphäre erweckt in Nabor ein starkes Widerstreben, doch er hat getan, was ihm zu tun befohlen worden war. »Gewähre mir das Glück, den Gast und Freund mit Fest und Spiel zu ergötzen, bevor die Scheidungsstunde uns für lange Zeit trennen wird.« Höflich ist der Worte Klang, und höflich folgt die Antwort: »Gerne folge ich deinem

Ruf, denn hohe Ehre dünkt es mir, als Gast und Freund im Palaste des Lukomanen zu weilen. Doch gebt mir die Freiheit, die Stunde zu erwählen.«

»So sei es, Fürst der Tursen. Wenn die Stunde gekommen ist, verkünde sie mir«, sagt Nabor abschließend. Ein Kopfnicken, dann wendet er sich zum Gehen. Sein Gesicht ist bleich, die Nasenflügel beben. Der Hohn des Tursen, der sein Spiel gewonnen wähnt, erschöpfte fast seine Willenskraft. In Mayas Händen liegt nun die Entscheidung. Ist ihr Herz von ihm abgewandt, dann wird es so geschehen, wie die Stimme ihm offenbart hat.

Wieder völlig gefasst, betritt Nabor das Gemach seiner Frau. Erschreckt schaut sie auf. Sie sieht in das ernste, blasse Gesicht. Unheil fürchtend, fragt sie: »Wie fandest du Wea? Bringen seine Wunden Gefahr für sein Leben?«

»Die Wunde ist nur leicht. Der Fürst der Tursen ist wohlauf, doch denkt er heimzukehren in das Land seiner Väter.« Langsam fallen die Worte in die unruhige Seele Mayas. Mühsam bezwingt sie die innere Erregung. Wea will heim, brennt es in ihrem Gehirn. Das Schicksal fordert einen letzten Entschluss. Noch zaudert sie in ihrem Herzen. Ihre Augen wandern unstet durch den Raum.

»Ich gab ihm die Wahl, das mitzuführen, was ihm wertvoll erscheint, da er Gold und edles Gestein verschmäht«, hört sie Nabor sagen.

»Du gabst ihm die Wahl?«, ungläubig blickt sie ihn an.

Der Lukomane nickt: »So ist es. Er versprach, nur das Wertvollste zu nehmen.«

Das Wertvollste – Maya durchschaudert es. Ihr Blick sucht forschend in Nabors Gesicht. Ahnt er nicht, was er versprach. Doch nichts erkennt sie in den beherrschten Zügen.

Freundlich sagt er: »Der Schatten, der unseren Weg verdunkelt, beginnt zu weichen. Die Tage des Glücks werden wieder leuchten, wenn dein Herz es will.«

Die Lukomanin schweigt. Sie sieht an ihm vorbei.

Da tritt er an sie heran: »Maya«, wirbt leise seine Stimme. »Maya, lass uns vereint den Weg vollenden, zu unser und unserer Kinder Heil.« Er greift nach ihrer Hand, doch sie wendet sich ab. »Der Schatten, von dem du sprichst, liegt nur über dir. Fern bist du mir«, fährt sie erregt fort. »Wie oft sah ich dich, als ob du träumtest, doch wachtest du, obgleich du einem Toten glichst. Das ist nicht der Nabor, dem sich einst mein Herz zuneigte. Der Priester unmännliches Wesen ist dir zu eigen geworden, seit du von Bayagard heimgekehrt bist. Wie kann ein Priester der Herrscher eines Reiches sein? Ich bannte die Gefahr der Fremden. Ich bezwang den Tursen, sein kriegerisches Gelüst zu bescheiden. Nicht deine Priester halfen dir, den Weg zu bereiten. Allein stand ich und stehe es noch, denn du bist ihrem Bann erlegen.«

Der Lukomane ist still und unbewegt. Er hört den Redeschwall und hört ihn doch nicht. In ihm ist der Klarheit herber Schmerz. Gereizt durch diese Ruhe bricht ihr Zorn sich ungehindert Bahn: »Niemals, höre es, Nabor, Lukomane meines Vaters Reich, niemals darf mein Sohn, den ich im Traum geschaut, willenloses Werkzeug der Priester sein.«

Wortlos verneigt sich Nabor, und wortlos verlässt er das Gemach. Schlimmer als eine heftige Gegenrede trifft sie diese stumme Antwort. Maya presst die Fäuste vor den Mund, sie möchte schreien in ohnmächtigem Zorn, doch nur ein Stöhnen wird hörbar. Er gibt sie frei – so wenig bedeutet sie ihm, dass er sie nicht einmal einer Erwiderung für würdig erachtet. Was ist sie hier noch? Wem bedeutet sie noch etwas? Niemand versteht sie, nur einer, der Fremde. »Das Reich der Tursen wartet der Königin.« Starr und düster steht sie da – und ein verhängnisvoller Entschluss reift in ihr.

Mit Esekos Hilfe ist der Tursenfürst auf der Suche nach Besonderheiten, die für seine Männer und sein Land von Nutzen sein könnten. Der Palastherr führt ihn zu den Handwerkern. Wea erlebt, wie der Seidenfaden vom Cocon der Raupe abgewickelt und gesponnen wird. Wie geschickte Hände aus der gefärbten Seide Gewänder und Mäntel erstehen lassen und diese von Silber- und Goldfäden durchwirkt mit breiten Seidenborten verziert werden. Als Besatz der Gewandborten und Gürtel dienen Topase, Rubine, Saphire, Smaragde, Amethyste und Aquamarine, in vielerlei Größen und in mannigfachen Formen geschliffen.

Goldschmiede fertigen Finger-, Arm- und Fußringe aus Gold und Silber und schmücken sie mit Edelsteinen. Auch von den Fußringen funkeln Edelsteine in ihren verschiedenen Farbtönungen.

Der Tursenfürst ist geblendet. Die verschwenderische Fülle des glitzernden Tands und die Schönheit der Formen begeistern ihn. Immer neue Wunder warten seiner. Eseko zeigt ihm die großen Marmorbrüche. Er führt ihn zu den Steinmetzen und Bildhauern. Den staunenden Augen des Tursen zeigt sich handwerkliche Fertigkeit, gepaart und durchdrungen von einem künstlerischen Geschmack, wie sie nur von einem auf hoher Kulturstufe befindlichen Volk hervorgebracht werden kann.

Ein Tag verrinnt und eine Nacht. Schwer ringt der Herrscher der Mayas.

Maya ist ihm der Inbegriff aller Schönheit dieser Welt. Seine Liebe, schwingend in allen Fasern seines Seins, hat sie eingehüllt wie in einen kostbaren Mantel. Auch in Maya hatte sein starkes Gefühl ein Gleiches zum Schwingen gebracht. Wohl war manchmal trotziger Eigensinn aufgeflammt, doch behutsam hatte er die Schatten verscheucht. Jedoch scheint der herrische Machtwille nur unterdrückt gewesen zu sein und erfüllt jetzt ganz ihre Seele. Der Glückstraum ist zerstört. Eine Fremde ist sie, die ihm mit lauter Stimme Vorwürfe macht. Aber ihr Sohn, sein Sohn, der kommen wird, wie ihr Traum es gekündet. Sein Sohn, in dem er sich vollenden will, der dereinst Herr sein soll an seiner Statt, wenn er heimgegangen in Elohims Reich. Sein Sohn ist Atlanter und soll es bleiben. Aber kann er sie zwingen zu warten, bis das Kind in die irdische Erscheinung tritt. In dem quälenden Widerstreit seiner Gedanken dringt, zuerst kaum verständlich, die geheimnisvolle Stimme: »Tue, wie dir gesagt.« Stille ist in ihm. Ich werde den Weg freigeben. Die Lukomanin soll nicht entweichen im Dunkel der Nacht. Sie ist Herrin ihres Geschicks, und als Herrin soll sie gehen, so es ihr Wille ist. Nabor tritt zu einem Marmortisch. Eine Goldkugel schwirrt in einer Schale aus gleichem Metall. Ihr Tönen ruft einen Dienenden herbei.

»Rufe Mamya«, befiehlt der Lukomane. Bald erscheint der Palastherr. Er erschrickt über das Aussehen Nabors, denn der Lukomane scheint um Jahre gealtert. Undurchdringlich ist das Gesicht des Herrschers, als er sagt: »Rüstet die große Barke zu langer Fahrt an des Meeres Küste. Künde der Herrin, wenn das dritte Mal die Sonne sinkt, werden mich Mayagards Türme wiedergrüßen. Der Herrin Willen untertan sei alles, bis mein Fuß das Land wieder betritt.« Einen Augenblick schweigt der Lukomane, dann fügt er hinzu: »Nur Ekloh soll mich begleiten.«

Maya lenkt ihr Viergespann durch die belebten Straßen Mayagards. Sie musste hinaus. Die Mauern des Palastes bedrückten sie. Sie will Menschen sehen, viele Menschen. So sucht sie Ablenkung von innerer Unruhe.

Vor dem weiträumigen Haus des Bildhauers Remalya stauen sich Wagen. Tursen halten die Pferde.

Erstaunt wendet sich die Lukomanin an den Wagenlenker, der hinter ihr steht: »Wer versperrt den Weg?«

»Der fremde Fürst weilt bei Remalya. Man sagt, Remalya schaffe ein Bildnis von ihm«, ist die Erwiderung.

Ungläubig hört es Maya. Es ist ein ungeschriebenes Gesetz in Eya-Eya, nur die Antlitze der zwölf hehren Ahnenpaare zu gestalten. Kein Atlanter wäre vermessen genug, dieses Gesetz zu missachten.

Die Lukomanin verlässt den Wagen, und geführt von Dienern betritt sie die Werkstätte Remalyas.

Aus Ton formt der Künstler, seinem Werk hingegeben, den Kopf Weas. Der Turse sitzt, unweit von ihm, in einem Armstuhl. Beim Anblick Mayas erhebt er sich überrascht. Freude glänzt in seinen Augen. Auch Remalya ist herumgefahren und verneigt sich tief.

»Es ist nicht Brauch in Atlantis, Bildnisse der Menschen zu schaffen«, sagt die Lukomanin kühl.

Betroffen beteuert der Bildhauer, dass er nur dem Wunsch des Fremden folge. Eine Handbewegung heißt ihn zu schweigen. Prüfenden Blickes betrachtet Maya das Bildwerk. Weas kühnes Gesicht lächelt sie an. Sie wendet sich an den Bildhauer. »Vernichte es«, sagt sie kurz.

Erschrocken blickt Remalya zu dem Tursen, doch eine unwillige Bewegung der Lukomanin fordert die Erfüllung ihres Befehls.

Wea mischt sich ein. Herausfordernd sagt er: »Es ist nicht Brauch im Reich der Tursen, einen Gast zu schmähen und seine Wünsche zu missachten.«

Maya sieht ihn an: »Und wenn es die Königin befiehlt?«

»Höher als der Königin Wort steht das Gastrecht«, erwidert stolz der Tursenfürst.

»Es ist Gesetz in Eya-Eya …«, will Maya erklärend einlenken, doch der Turse unterbricht sie: »Sagtest du nicht, Königin, die Gesetze dieses Landes sind die Gesetze seiner Priester?« Maya schweigt. Er hat recht. Freundlicher fragt sie: »Wer gibt den Tursen die Gesetze?«

»Auf dem heiligen Thing beschließen die Fürsten und die Freien, was ihrer Männer Wohl und Wehe bedingt.«

»Erfragen sie nicht der Priester Meinung?«

»Das heilige Amt der Priester ist es, der Gottheit zu dienen und der Gestirne Lauf zu erforschen sowie deren Deutung den Menschen kundzutun«, gibt Wea zurück, und fortfahrend sagt er: »Auch der Priester neigt sich in Ehrfurcht vor dem Kämpfer, denn er beschützt mit seinem Schwert des Gottes heilige Stätte.«

Remalya kredenzt Wein in goldenen Schalen. Der Turse trinkt mit einem Zug, während Maya sich mit einem Schluck begnügt. »Eine Frage brennt mir auf der Zunge«, beginnt Wea von Neuem, »doch ist hier weder Zeit noch Raum, dir diese vorzulegen, Königin.« Der Ton des Werbens schwingt in diesen Worten, und in den Augen lodert fordernde Begierde.

Maya fühlt sich angezogen und doch stört sie die Art des Fremden. Nie sah sie Gier in Nabors Augen, nur einer freundlichen Liebe milden Schein. In reiner Scheu und Ehrfurcht finden sich die Seelen, die willens sind, ihr Leben zu vereinen. Heilig ist dem Atlanter der Ehebund, und niemals würde er sich dem Weib eines anderen nahen. Unverwandt schaut sie Wea an. Es würde sie reizen, den »schwarzen Panther«, wie sie ihn insgeheim nennt, zu bändigen. Überlegen lächelt sie, als sie sagt: »Wäre ich der Tursen Königin, wäre mein Wille Gesetz.«

Wea sieht das schöne königliche Weib, das seine Sinne begehren. Aus ihren Worten schöpft er Hoffnung. Impulsiv ergreift er ihre Hand, die Augen funkeln wild: »Der Königin zu dienen, wäre mein Gesetz.«

Die Lukomanin tritt zurück, ihm die Hand entziehend: »Ich werde mich erinnern, wenn ich jemals deiner Dienste bedarf.« Sie wendet sich zum Gehen. Wea geleitet sie zum Palast.

Maya durchschreitet die Halle und begibt sich in ihre Gemächer. Ihre Frauen bemühen sich um sie. Maya ist guter Stimmung, sie scherzt sogar mit den Dienerinnen.

Der Palastherr Mamya betritt das Gemach. Die betonte Feierlichkeit seines Auftretens löst fröhliches Lachen bei der Lukomanin aus. Sie ruft ihren Frauen zu: »Fort mich euch, ihr lustigen Vöglein. Der gewaltige Palastherr naht mit wichtiger Kunde.« Mamya lächelt gezwungen, doch sofort überschattet wieder tiefer Ernst das Gesicht.

Maya bekommt eine Ahnung, dass ein besonderes Ereignis eingetreten ist.

Etwas stockend entledigt sich der Palastherr seines Auftrages. »Nabor fährt auf das Meer!?« Nach der ersten Überraschung beginnt sie nach kurzem Überlegen zu verstehen. Drei Tage legt er die Macht in ihre Hand. Nicht gehemmt durch seine Gegenwart, soll sie sich in voller Willensfreiheit klar werden. Er kämpft nicht um sie, er überlässt sie sich selbst.

Schweigen lastet im Raum. Mamya wagt keinen Einwurf. Er ahnt mehr, als er weiß. Er hat diese Entwicklung befürchtet. Er kennt Mayas empfindlichen Stolz, oft genug hat er mit ihr gerungen, um sie nach ihres Vaters Tode von Unbesonnenheiten zurückzuhalten. Aber jetzt spielt etwas Ungeheuerliches mit, das selbst er nicht auszudenken wagt.

Finster, mit verschlossenem Gesicht, brütet die Lukomanin vor sich hin. Plötzlich erhebt sie sich und strafft sich. Spröde und fremd ist die Stimme, als sie befiehlt: »Rufe den Fürsten der Tursen.«

Mamya erbleicht und hebt wie abwehrend die Hände. Herrisch blitzen ihn die grünlichen Augen an. Kalt sagt die Lukomanin: »Vernahmst du nicht der Herrin Befehl?«

Der Palastherr zuckt zusammen. Mit tiefer Verneigung zieht er sich zurück. Schon nach kurzer Zeit meldet er den Tursen. Wea tritt ein, in atlantischer Tracht. »Du riefest mich, Königin. Eilenden Fußes kam ich, um dein Begehren zu hören.« Erwartungsvoll blickt er sie an.

Eine Handbewegung Mayas weist Mamya hinaus, dann sagt sie: »Früher als ich glaubte, Fürst der Tursen, brauche ich eines Freundes Hand.« Sie spricht langsam, mit Betonung, den Blick voll auf ihn gerichtet.

Unbändige Freude ist der Widerhall. »Königin, befiehl, was ich tun soll, alles will ich tun für dich«, ruft Wea beglückt, förmlich berauscht, dem Ziel so nahe zu sein. Ein wenig ernüchtert ihn Mayas starre Haltung.

»Alles? Fürst der Tursen?« Kühl, bewusst fragt die Lukomanin.

»Alles, Königin«, wiederholt der Turse und streckt ihr die Rechte hin.

»So höre. Um meines Sohnes Willen, der ein Freier werden soll, bin ich bereit, ins Land der Tursen zu fahren.«

»Königin«, der jubelnde Ausruf des Tursen unterbricht sie.

Ein hochmütiges Lächeln überfliegt Mayas Gesicht, dann fährt sie ruhig fort: »Der Königin versprachst du zu dienen, die Königin folgt dir als dein Gast. Vergiss es niemals, so du nicht willst, dass ich mich wieder von dir trenne.«

Enttäuschung malt sich in dem braunen Gesicht, fast mechanisch nickt Wea. »Du hast mein Wort, Königin«, antwortet er gepresst. Dann, sich aufraffend: »Niemals brach ein Fürst der Tursen das gegebene Wort.«

»Erwarte mich, wenn die Sonne das dritte Mal ins Meer sinkt.« Wie ein Befehl klingt es. Peinlich berührt steht der Turse da. Maya lenkt ein. Sie dankt ihm und beteuert ihm ihre Freude, sein Reich kennenzulernen.

Auf Befehl der Lukomanin sind alle Vorbereitungen zur Fahrt getroffen. Abschied nehmend durchwandert Maya die Räume des Palastes. Hier war sie ein glückliches Kind, behütet von einem zärtlichen Vater, der ihr allen Willen ließ, so versuchend, die fehlende Mutter zu ersetzen, die bei der Geburt Mayas ihr Leben ließ. Sie wuchs auf wie ein Junge, begleitete den Vater auf seinen Fahrten und nahm an allen Gelegenheiten teil, die ihre Jugend gestatteten. Noch einmal schien das Glück zu lächeln, als ihr der blonde Sohn aus dem königlichen Geschlecht der Bors zum Gemahl gegeben wurde. Ein Schatten legt sich auf das stolze Gesicht

– vorbei. Wehmut will sie befallen, doch mit einem unwilligen Schütteln des Hauptes streift sie die weiche Regung ab.

In einem prunkvollen Zug, gefolgt von Palastherren, Kämmerern und ihren Frauen, schreitet die Lukomanin, eingehüllt in den azurblauen Glanz des Königsmantels, durch ein Spalier von Palastknaben und Dienern zum Schiff Weas, das ihrer wartet, um sie fortzuführen in ein fremdes Land.

Stumm grüßt sie die Bevölkerung Mayagards, die sich eingefunden hat, um der Königin die Ehre zu erweisen. Weit schallt der Hörner Klang von den Türmen, aber keine Freude regt sich. Etwas Unfassbares vollzieht sich vor aller Augen. Eine Lukomanin verlässt ihr Reich, ein Weib den Gatten, der in feierlicher Stunde mit ihr verbunden worden war.

Nur die Fremden jubeln, denn ihr Herr steht mit siegbewusstem Lächeln bereit, um die Königin zu empfangen.

Mayas Herz ist beklommen. Es schnürt ihr fast die Kehle zu, doch mit kaltem Hochmut kämpft sie gegen das quälende Gefühl.

Wohlgesetzte Worte treffen ihr Ohr. Mühselig lächelt sie und ergreift zögernd die Hand Weas, der über breiter Planke sie auf das Schiff geleitet. Bald löst es sich vom Ufer. Taktmäßig setzen die Ruder ein, langsam gleitet es dem Meer zu.

Von einem erhöhten Sitz sieht Maya die schwindende Heimat. Nichts regt sich in ihrem Gesicht. Eine große Leere ist in ihr. Sie fährt einem unbekannten Schicksal entgegen – ohne Sehnsucht, ohne Freude.

Die Zurückbleibenden wenden sich schweigend und kehren in den Palast und ihre Häuser zurück.

Nur Premenio, der zwischen Mamya und Eseko geht, kann sich nicht enthalten, das Schweigen zu durchbrechen: »Was wird der Herr sagen, wenn er heimkehrt.«

Mamya zuckt die Achsel, nur der alte Eseko gibt unverhüllt seinem Missfallen Ausdruck: »Eine Lukomanin gibt sich in die Hand dieser Wilden. Niemals kann der Herr das gutheißen, denn er weiß wie wir, dass Eya-Eyas Volk das auserwählte Elohims ist und es sein Wille ist, uns fernzuhalten von der Dunklen Welt.«

Die Flotte der Tursen verlässt den Kanal. Die breiten Segel gehen hoch, knatternd verfängt sich der Wind, und in schneller Fahrt geht es an der Küste entlang.

Nach längerer Fahrt kommt ihnen eine große Barke entgegen, weiß und golden blinkt sie in den Strahlen der untergehenden Sonne. Ihre Segel sind gerafft, Ruderer treiben sie vorwärts. Bald sind die Tursenschiffe heran, ein Johlen bricht los, ein wildes Rufen, das nicht erwidert wird.

Auch auf Weas Schiff ist das Interesse geweckt. Der Tursenfürst steht bei seinen Oberen, gespannt schauen alle zu der weißen Barke. Jetzt gleiten die Schiffe aneinander vorüber. Weas Gesicht gewinnt den Ausdruck eines Raubvogels. Dort drüben liegt auf kostbarem Ruhebett der stolze Lukomane, dessen Frau er ihm entführt.

Maya, auf ihrer überdachten Erhöhung, wendet ebenfalls das Haupt. Ein Blick genügt ihr zum Erkennen, diente die Königsbarke des Maya-Reiches ihr doch oft zur Fahrt. Sie sieht ihren Gemahl. Er ruht völlig gelöst, gleitet vorbei und achtet ihrer nicht. Nur Ekloh, der Kämmerer, steht im Bug der Barke und blickt herüber.

Der Tag versinkt, bald umfängt sie die Kühle der Nacht. Eingebettet in weiche Felle träumt die Lukomanin, nur hier und da vernimmt sie den Ruf fremder Laute. Das Rauschen der Wellen wiegt sie in den Schlaf.

In einer kleinen Bucht der Steilküste wiegt sich die weiße Königsbarke, im seichten Wasser verankert. Ihre Goldverzierungen funkeln in den Strahlen der Sonne. Die langen Ruder ruhen zu beiden Seiten, das Segel ist gerafft. Das Schiff liegt wie ausgestorben, kein Leben zeigt sich. Unweit davon, auf dem schmalen Strand, sind Ruderknechte und Palastknaben damit beschäftigt, aus Teppichen kleine Zelte für die Nacht zu errichten. Fröhlich lachend und plaudernd verrichten sie ihre Arbeit. Sie sollen hier ein paar Tage verbringen, so sagte ihnen der Kämmerer Ekloh.

Einige Jungen werfen ihre Gewänder ab und laufen in das Wasser. Sie schwimmen durch die Bucht und erreichen das Meer.

Ekloh kommt vom Schiff her. Würdevoll schreitend, nähert er sich dem Zeltlager. Als er heran ist, ruft er mit gedämpfter Stimme: »Verhaltet euch ruhiger, damit euer Geschrei nicht den Herrn stört.« Die fröhliche Schar verstummt. Der gute Herr, was mag mit ihm sein. Der plötzliche Aufbruch zu dieser Fahrt in die Einsamkeit der Meeresküste. Niemand bekommt ihn zu Gesicht, nur der Kämmerer darf sich ihm nahen. Ob er krank ist? Schlecht genug sah er aus in der letzten Zeit. Unter einem Teppich-Baldachin liegt der Lukomane auf einem seidenen Ruhebett, hingestreckt wie ein Toter. Das bleiche Gesicht ist eingefallen und erscheint uralt, in tiefen Höhlen liegen die geschlossenen Augen.

Vorsichtig ist Ekloh nähergetreten, als die erste Nacht gewichen ist. Mit jähem Schreck starrt er auf seinen Herrn. Ist er tot? Er beugt sich über ihn und erkennt, dass Nabor atmet. Scheu entfernt sich der Kämmerer.

Nach langem Mühen ist es Nabor gelungen, den Aufruhr der Gefühle in sich zum Schweigen zu bringen. Immer wieder steht Mayas geliebtes Bild vor seiner Seele. Die ganze Süße des Verlangens formt sich zu Bildern, die mit ihrem Reiz seine Sinne umschmeicheln und ihn nicht loslassen. Stimmen flüstern in ihm, die ihm bewusst gewordenen Kräfte spielen zu lassen. Leicht ist es, einer unruhigen Seele einen fremden Willen aufzuzwingen, sie sich hörig zu machen. Nabor fühlt, wie ein eiskalter Hauch ihn streift – dunkle Gesichter mit weit aufgerissenen Augen drängen sich vor das innere Licht, es mit ihren schwarzen Schatten verdunkelnd. Er will sich freimachen, sich dem Licht zuwenden, da greifen graue schemenhafte Arme nach ihm. Er fühlt den Griff dunkler Hände, hart und zwingend. Angst befällt ihn. Er will sie abschütteln, doch es gelingt ihm nicht. Mit lähmendem Druck legt sich etwas Schweres auf ihn, haucht ihn eisiger Atem an.

In seiner Not schreit er auf, ruft den Namen des verehrten Lehrers in die laue Nacht. »Tenupo – Tenupo – hilf!« Sekunden, die ihm wie Ewigkeiten dünken, vergehen. Ein Lichtkegel glutet auf, der auf ihn zueilt. Das Licht hüllt ihn ein, und in ihm erschaut er das gütige Gesicht des Gerufenen. Leuchtende Hände segnen ihn. Die Dunklen sind verschwunden, der schwere Druck ist gewichen, nur ein unaussprechliches Glücksgefühl schwingt in dem Gequälten. Wie ein seliges Kind gibt er sich der Ausstrahlung des Helfers hin. In diesem inneren Einssein empfindet er die Gedanken Tenupos: »Fürchte dich nicht, Nabor, immer sind des Lichtes Helfer bereit, dich zu beschirmen, wenn du nach ihnen rufst. Große Macht ist dir gegeben, größere schützt dich auf deinen Wegen. Folge der Stimme in dir.«

Unendlich gütig lächelt das vertraute Gesicht im Licht, das mit seinen Magmafluten Nabor einhüllt.

Der Tag versinkt, und die Nacht kommt mit ihrem Sternenglanz. Nabor ist wieder entrückt. Seine Seele ist fern, nur der Körper ruht auf dem prächtigen Lager. Wieder strahlt die Sonne im Osten empor und versinkt im Westen. Am dritten Tag, als sie im Zenit steht, regt sich der Lukomane. Er richtet sich auf, und suchend spähen die Augen nach Ekloh. Bald ist der Kämmerer zur Stelle. Er sieht seinen Herrn, eingehüllt in einem hellen Schimmer. Mit ehrfürchtiger Scheu nähert er sich.

»Löst den Anker, wir fahren heim.« Leise wie des Windes Hauch ist die Stimme, als fürchte sie, unfassbar Schönes zu zerstören. Nabor sinkt zurück, die Augen schließen sich. Erneut geht er in die Versenkung.

Er schaut Mayagard, den Palast, Menschen, die hin und her laufen. Sie tragen Ballen und Truhen. Sie tragen sie zu den Schiffen. Viel Volk strömt zusammen, bewegt sich langsam den Schiffen zu. Eine Frau wendet den Kopf. Maya – fremd und ernst. Die Schiffe fahren.

Sie ist gegangen. Kein Schmerz regt sich in ihm, nur glutendes Licht schaut das innere Auge. In ihm ist heilige, beglückende Stille.

Kurz vor Mayagard erhebt sich Nabor und ruft nach dem Kämmerer. »Herr, die Tursen sind fort. Vor Stunden segelten sie an uns vorüber.« Nabor nickt: »Ich weiß es, Ekloh.«

Der Lukomane ist heimgekehrt. Verlegene Gesichter sieht er um sich herum. Stockend beginnt Mamya seine Rede, aber schon nach den ersten Worten heißt ihn eine Handbewegung schweigen. Gleichmütig, als sei nichts geschehen, begrüßt Nabor die erstaunten Hofleute. Alles ist wie bisher; in ruhigem Gleichmaß verrinnen die Tage. Oft zeigt sich der Lukomane in den Straßen Mayagards. Er lenkt sein Viergespann mit sicherer Hand durch das Menschengewühl, und ehrerbietig macht ihm alles Platz. Nur Kinder drängen zu dem Wagen. Er spricht mit ihnen, nimmt ein paar von ihnen mit sich und schickt sie, reich beschenkt, wieder heim.

Oft ist er auch am Meeresstrand. Er sitzt auf einem hohen Felsen, vom Wasser umspielt, und lauscht dem lieblichen Lied der Wellen. Bis eines Tages der Wunsch in ihm entsteht, auf der hohen Steilküste, im Angesicht des weiten Meeres, zu wohnen. Ein Marmortraum soll errichtet werden, und weite Terrassen sollen sich bis zum Meer hin absenken.

Remalya und andere Künstler werden gehört. Der Plan nimmt schnell Gestalt an, und viele Hände regen sich, um die Wünsche des Lukomanen zu verwirklichen.

Der *Palast der tausend Säulen*, wie ihn bald das Volk nennt, erhebt sich luftig, wie ein marmorner Blütentraum, über dem Meer. Gewundene Säulen tragen auf ihren reich mit Blumenornamenten verzierten Kapitälen kühn geschwungene Bögen, die sich nach oben in marmornes Flechtwerk auflösen und die Decke stützen. An silbernen Stangen, Säule mit Säule verbindend, hängen violette Vorhänge. Schwere silberne Quasten, in kurzen Abständen angebracht, zieren den oberen Teil der seidenen Vorhänge und breite Borten den unteren. In violett und silber sind die Farben der Teppiche, der Ruhebetten, der Kissen und der Stuhlsitze gehalten, ausgestellt in den kunstvollen Rahmen weißen Marmors. Säulengänge steigen hinab zum Meer, die weiten Terrassen durchquerend, die in ihrer marmornen Pracht hell im Sonnenglanz leuchten.

Die Hofhaltung des Lukomanen ist zum größeren Teil in den Säulenpalast verlegt worden.

Nabor ist zufrieden. Keine Mauern schließen ihn hier von der Umwelt ab, nur Säulen und Vorhänge bilden Hallen und Gemächer. Tritt er auf die Terrasse, leuchtet vor ihm des Meeres blaugrüner Schimmer, ruht er des Nachts auf seinem Ruhebett, erzählt ihm der Wellen leises Gemurmel von fernen Landen.

Der Lukomane lässt den Priester Amatur zu sich bitten. Plaudernd durchschreiten sie die Räume und erfreuen sich an schönen Dingen. In seiner stillen, gemessenen Art schwingt der junge Priester im Rhythmus frohen Schauens.

»Weißt du auch, Amatur, warum das alles hier erstand?«, fragt Nabor, in die Runde weisend.

»Ich ahne es, Lukomane«, gibt der Priester zurück. Er denkt an das zerbrochene Eheglück des Herrschers; aber sein Mund schweigt und spricht es nicht aus.

Nabor liest in den Augen des Priesters. Voller Wärme ist der Blick, der den Lukomanen berührt und seine Zunge löst.

»Siehst du die Türme des Palastes der Lukomanen? Dort war ich der Fremde und der Gast, dort erlebte ich des Leides schwere Last. Aus dem qualvollen Druck der Enge floh ich in die Weite, auf das Meer. Drei Tage und drei Nächte weilte ich auf dem Meer, fern vom menschlichen Dunst, war meine Seele hingegeben dem Licht Elohims. Ich kämpfte und rang mit dunklen Gewalten, die, gebunden an das Verlangen des Körpers, meinen Sinn zu verwirren trachteten. Doch ich erhielt Hilfe, und so wurde ich frei vom Leid. Seit jenen Tagen liebe ich mehr denn je die Weite des Meeres. Aus einem inneren Bild wuchs dieser Palast, in dem ich daheim und eng verbunden mit ihr bin.«

Das Vertrauen des Lukomanen beglückt Amatur. Ehrfurchtsvoll erwidert er: »Als du heimgekehrt bist von Bayagard, verkündete mir der Glanz deiner Augen, dass du dich zum Bürger zweier Welten verwandelt hast«, und mit bittender Geste fortfahrend, sagt er: »Gewähre mir die Gnade und lasse mich dein Schüler sein, Erleuchteter.«

»Nicht mein Schüler, Amatur«, erwidert Nabor herzlich und streckt dem Priester die Hand hin, »meinen Freund will ich dich nennen. Wir sind alle Schüler vor den hehren Gestalten des Lichtes, und niemand hat ein Recht, sich über den Anderen zu erheben. Ein Freund, im gleichen Streben verbunden, wäre ein kostbares Gut.«

»Gern nehme ich deine Hand, Lukomane«, sagt der Priester bewegt, »und will dir mit meinem ganzen Sein dienen.«

Eine Weile stehen die beiden Männer Hand in Hand. Im frohen Leuchten der Augen grüßen sich die Seelen.

»Nicht mehr Lukomane, noch Erleuchteter, dein Freund Nabor bin ich und hoffe für mich, es immer zu bleiben.«

Ihr tiefschürfendes Gespräch lässt die beiden Freunde Zeit und Ort vergessen. Erst als die Nacht einbricht und das Licht der Fackeln aufflammt, kehrt Amatur in den Tempel zurück.

Wieder einmal ist die Nacht des Lichtfestes in Bayagard angebrochen. Nabor ist, begleitet von Amatur und einem großen Gefolge, eingetroffen und wird von seinen Eltern herzlich begrüßt. Auch sein älterer Bruder Sebor ist anwesend. Er ist ein wahrer Riese von Gestalt, um Haupteslänge überragt er die anderen Fürsten und Königssöhne. Lebhaft spricht er auf Nabor ein. Allerlei Pläne, die ihn interessieren und an deren Verwirklichung der Thronerbe des Raya-Reiches starken Anteil nimmt, breitet er vor Nabor aus. Abschließend sagt er: »Aber was nutzt uns das Planen und Bauen, wenn eines Tages wieder bewaffnete Horden in unser Land eindringen. Wir müssen uns wehren können, wenn wir nicht untergehen wollen.«

Im Rat der Könige werden gleiche Gedanken laut. Der Vorfall im Maya-Reich gibt Anlass zu bewegter Debatte. Die Herrscher sind sich einig, dass eine Wiederholung verhindert werden müsse. Nabor schildert die Waffen der Tursen und legt einige Spieße und Dolche zur Ansicht vor. Der Palastherr Eseko wird gerufen. Er muss über die Herstellung der Waffen berichten, soweit es ihm von den Tursen bekannt wurde. Das Metall, Eisen, ist in Atlantis unbekannt. Es soll versucht werden, eisenhaltige Erze ausfindig zu machen, um dann Waffen in großen Mengen herzustellen. Der Gebrauch der Waffen muss eingeübt werden, und jedes Reich wird seine Mannen damit vertraut machen.

Niemand erwähnt Maya. Sie hat sich durch ihren Schritt selbst aus der atlantischen Gemeinschaft ausgeschlossen und gilt als tot.

Der Beschluss der Könige wird dem Loki unterbreitet.

Im Tempel wird ihnen die Antwort zuteil.

Huatami erklärt mit erhobener Stimme:

»Kündet den Völkern Eya-Eyas, inniger als bisher bete ein jeder für des Reiches Schutz und Heil. Die Gefahr pochte an unser Tor, ein Einziger folgte den Weisungen Elohims. Ein Einziger opferte mit seinem Herzblut, und dieses Opfer bannte die Gefahr.« Die Augen des Loki wenden sich zu Nabor, der mit gesenktem Haupt die Ehrung empfängt. Der Priesterkönig fährt fort: »Wären alle Atlanter gleich diesem, das lichtvolle Reich der Ahnen erwachte zu neuem Glanz.

Oh wisset, Lukomanen, und kündet es eurem Volk, schwerer als der Kampf gegen andere ist der Kampf gegen sich selbst. Wer diesen Kampf besteht, braucht keine Waffen. Er löst Kräfte aus, die ihn schützen auf allen seinen Wegen. Doch die anderen, die träumend wie die Kinder durch ihre Tage wandeln, die sich scheuen, den schmalen Pfad des Lichtes zu gehen, sie unterscheiden sich durch nichts von den Dunklen und müssen sich ihrer erwehren mit den gleichen Waffen.

Erkennt das Zeichen Elohims. Er will sein Volk prüfen, jeden Einzelnen unter ihm. Wer sich löst von seiner Hand, muss kämpfen um sein Leben, doch wehe ihm, wenn er den Kampf beginnt, wenn des Machtwillens dunkle Gestalt seiner Sinne Klarheit trübt.« Die ekstatischen Augen des Priesterkönigs glühen auf, die hagere hohe Gestalt reckt sich, und dumpf erklingen die Worte einer düsteren Prophezeiung:

»Genügt ihr euch nicht selbst, Atlanter, wird das kalte Metall in eurer Faust zur Waffe gegen euch und eure Kinder. Wenn des Machtwahns Gier aus kaltem Blinken ersteht, werdet ihr diese Welt gewinnen, doch verloren ist euch Elohims Reich. Atlantis Glück wird zerbrechen und verwehen seines Namens Spur.«

Bedrücktes Schweigen lastet in der Halle der Könige. Stumm neigen sich die Lukomanen, als Huatami segnend Abschied nimmt.

Nabor weilt mit Amatur bei Tenupo. Freundlich antwortet der Greis auf die vielen Fragen der Jüngeren.

»Als ich dich in meiner Not rief, bedrängten mich dunkle Wesen. Ihr kalter Hauch streifte mich, und ich spürte den Griff dunkler Hände«, berichtet Nabor.

Tenupo nickt: »Es sind Wesen aus dem Reich der Schatten, in das die Seelen der Dunklen gelangen, wenn ihres Erdendaseins Tage erfüllt sind. Sie haben nicht das reine Bewusstsein der Kinder Eya-Eyas, sie wissen nichts von Elohim, von seinen Gesetzen und seinem lichten Reich. Sie kennen nicht des ewigen Lichtes Glanz und tragen kein Verlangen danach in ihren Herzen. Dennoch lebt der schöpferische Impuls in ihnen, und nicht mehr fern ist die Zeit, da ihnen der Weg gewiesen wird.«

Ehrerbietig stellt Amatur die Frage: »Wird es Atlantis zum Heil gereichen, wenn der Dunklen Sinne erhellt werden?«

»Wenn die Söhne Eya-Eyas den Glauben bewahren und auf den Wegen Elohims bleiben, werden sie der Dunklen Lehrer und Führer sein. Doch fallen sie von ihrer Höhe und werden gleich den anderen, wird namenloses Unheil Eya-Eya treffen.« Verabschiedend sagt Tenupo: »Stützt euch aufeinander in eurem Streben, so werdet ihr nicht fehlen.« Und zu Nabor gewendet, fügt er mahnend hinzu: »Vergiss nicht über dein geistiges Streben, dass du auch Herrscher bist. Beides zu erfüllen ist deine Pflicht.«

Lau ist die Nacht. Weiche Lüfte wehen und umkosen mit ihrem Hauch die Schläfer in den Palästen und Häusern. Nach des Tages Hitze sind die Nächte in Atlantis der belebende Brunnen.

Der Lukomane atmet die würzig weiche Luft auf seinem Ruhebett. Die Vorhänge des Gemaches sind zurückgezogen, die Laute der Nacht verbinden sich mit den gleichmäßigen Geräuschen der anschlagenden Wellen.

Nabor träumt – noch ist die Sehnsucht in ihm lebendig. Die Ferne, die Schöne, die seinen Händen entglitt, weht wie ein Schemen, lieblich und verlockend, durch seine Traumbilder. »Maya«, murmelt der Schläfer – und verlangend breiten sich seine Arme aus. Da schreckt er hoch. Verstört blickt er um sich. Er ist allein. Seine Hände griffen ins Leere, und die Bewegung weckte ihn. Allein, einsam – ein wehes Gefühl steigt in ihm auf. Soll ich einsam durch meine Tage wandeln? Noch bin ich jung und des Daseins Durst brennt in meinem Blut. Ich will sie suchen, die mir verloren scheint. Wo sie auch weilt, ich werde sie finden – auf dem Pfad der Seele. Er hat es nicht mehr versucht, die körperliche Hülle zu verlassen. Einmalig blieb das Erleben im Tempel zu Bayagard.

Er ruft den Schutz Elohims an, dann begibt er sich in die Versenkung. Starr wird der Körper. Ganz allmählich erlischt das Körperbewusstsein. Er schwingt in der heiligen Stille. Nichts regt sich in ihm. Die Klarheit des Überbewusstseins dämmert auf. Licht umfängt und trägt ihn. In dieser Lichtflut ersteht die Hieroglyphe – Maya. Ruckartig löst er sich aus seiner Hülle, und wie ein Wirbelwind reißt es ihn fort. Er ist auf dem Vorplatz eines Tempels und sieht Maya im weißen Gewand, viele Gestalten um sie her. Maya tanzt einen Opfertanz vor einem steinernen Altar, auf dem ein Feuer brennt. Ganz nahe gleitet er heran und haucht ihren Namen. Die Tanzende erschrickt. Entsetzt weiten sich die Augen, die Hände wollen abwehren, doch mit einem Aufschrei bricht sie zusammen. Die Gestalten bemühen sich um sie, tragen sie in den Tempel.

Nach einer Weile schlägt Maya die Augen auf. Ihr Blick gleitet über die jungen Tursinnen, die bekümmert an ihrem Lager stehen. »Wo ist mein Kind? Bringt mir meinen Sohn!« Ein hübscher Knabe mit blonden Haaren und blauen Augen erscheint auf den Armen einer älteren Frau. Sie reicht ihn Maya. Beglückt drückt sie ihr Kind an sich. »Guweil«, sagt sie zärtlich, und ihre Hände streicheln sein Haar. Da ist es ihr, als ob weicher Hauch sie streift. Ihr Herzschlag stockt, enger zieht sie den Sohn an sich. Da – eine helle Hand greift nach dem Kind. »Nein, nein –«, schreit sie, »Guweil gehört mir und ich lasse ihn nicht.«

Die Sonnenpriesterinnen weichen zurück. Die Herrin ist von Sinnen, sie werden Wea rufen.

In den folgenden Monaten entfaltet der Herrscher der Mayas eine fieberhafte Tätigkeit. Täglich weilt er in den Werkstätten. Zahllose Speerspitzen und Dolchklingen erstehen aus dem kalt blinkenden Metall, das gehärtet im Feuer zur todbringenden Waffe wird.

»Was wird der Herr tun?«, fragen sich die Hofleute besorgt. Viele Gerüchte durchlaufen Mayagard.

Nabor lässt große Schiffe bauen. Er befiehlt, dass Tausende junger Männer im Gebrauch der Speere geübt werden.

Keiner wagt es, den Lukomanen zu fragen. Verschlossen das Gesicht, die Augen mit fernem Blick, so schreitet er durch die Unruhe, die er entfesselt hat.

Die Palastherren versuchen bei Amatur, den Grund der ungewöhnlichen Vorbereitungen zu erfahren. Der Priester antwortet ernst: »Der Lukomane geht den Weg selbst gewirkten Schicksals.« Dann schweigt er auf alle Fragen. Sein Herz bangt für den Freund, doch auch er fragt ihn nicht. Tenupos Worte klingen wieder in ihm auf: »… nicht mehr fern ist die Zeit, da den Dunklen gewiesen wird der Weg ….«

Umgeben von dunkelbewaldeten Bergen liegt das Heiligtum des Sonnengottes. Aus mächtigen Granitquadern gefügt, erhebt sich auf einem hohen Berg, weithin sichtbar, der Sonnentempel. Ein weiter Vorplatz, umrahmt von einer Mauer, birgt den Opferaltar. Vor ihm lagert ein mächtiger Stein, der, tief ausgehöhlt, wie ein riesiges Gefäß anmutet, das umgestürzt am Boden liegt. Der erste Strahl der aufgehenden Sonne fängt sich in der Höhlung des Steines und leitet den Beginn feierlicher Handlung ein. Die Priester und Priesterinnen umschreiten den heiligen Stein, auf dem Altar lodert ein Feuer. Mit hartem Griff fasst der Hohepriester Sandor das Opfertier, ein Dolch blitzt auf, ein kurzer Schnitt, Blut strömt und das Tier verröchelt auf den Altarstufen. Ein junger Priester wirft es auf das Feuer.

Dumpfe Töne langer Hörner erklingen und Metallbecken schlagen rhythmisch aufeinander. Umgeben von Tempeltänzerinnen erscheint Maya. Inmitten der dunkelhaarigen Tursen wirkt sie in ihrer blonden Schönheit wie eine Lichtgestalt. Der Tanz zu Ehren des Sonnengottes schwingt in immer wilderem Rhythmus auf.

In der Nähe des Tempeltors steht Wea mit seinen Oberen. Wie gebannt schaut er auf Maya. Sie wurde nicht die Seine, wie er hoffte. Als Priesterin lebt sie mit ihrem Sohn im Tempel, seinem Verlangen unerreichbarer denn je.

Majestätisch steigt der Sonnenball empor, von jubelndem Gesang begrüßt.

Maya hält im Tanzen inne. Die Arme der Sonne entgegengestreckt, erstarrt sie zu wundervollem Götterbild. Feierlicher Gesang löst die Verzückte, und mit den Tänzerinnen verschwindet sie im Tempel.

Auf kleinen struppigen Pferden jagen Reiter den Tempelberg hinan. Der Erste springt vom schweißbedeckten Tier und wirft sich vor Wea auf den Boden.

Unwirsch fragt der Tursenfürst: »Was bringt du?«

»Viele große Schiffe landen an der Meeresküste. Lichte Riesen, zahllos wie die Bäume des Waldes, entstiegen ihnen. Sie sammeln sich und dringen in die Wälder ein. Sie nehmen ihren Weg nach hier.« Die Worte überstürzen sich förmlich.

»Warum verwehrtet ihr ihnen nicht den Durchgang?«, knirscht Wea in jäher Wut.

Entsetzt starrt ihn der Turse an: »Wie können wir den Göttern den Weg verwehren?!«

»Ihr Narren«, schreit der Tursenfürst, »Menschen sind es, mit Fleisch und Blut wie ihr und gutes Ziel für unsere Speere.«

Wea fasst sich. Kurze Befehle lassen seine Oberen auseinanderstieben. Wilde Töne der Hörner erfüllen bald die Luft und pflanzen sich fort durch das weite Reich der Tursen.

Maya spielt mit ihrem Sohn. Ein dunkler Schatten steht plötzlich in der Tür. Erschreckt birgt sich das Kind bei seiner Mutter. Wea steht mit finsterem Gesicht im Gemach: »Die Atlanter nahen mit großer Macht.« Dumpf und schwer fallen die Worte.

»Nabor – ich wusste, dass er kommt. Er will das Kind!«, fast tonlos ist die Stimme. Doch dann strafft sich Mayas Gestalt, die grünlichen Augen funkeln: »Er wird es nicht erhalten«, ruft sie aus.

»So ist es, Königin«, stimmt der Turse zu, »der Hörner Klang sammelt bereits unsere Krieger. Im Dunkel unserer Wälder wird die anmaßende Schar der ›lichten Götter‹ verbluten.«

Am Strand der Küste herrscht reges Treiben. Die Tursen, scheu und ehrerbietig, folgen den Befehlen der Mayas. Freiwillig werfen sie die Waffen fort. Ihre Speere und Dolche häufen sich zu Bergen.

Der Lukomane lässt sich ein paar Stammesälteste vorführen. Er bietet ihnen Gold und Edelsteine und verlangt dafür Pferde, so viel sie auftreiben können. Eseko verdolmetscht die Wünsche seines Herrn. Gierig schauen die Tursen auf die funkelnden Ringe und Armspangen, die Nabor in goldenen Gefäßen vor sie hinstellen lässt. Schon nach kurzer Zeit führen sie Pferde heran, ganze Herden werden aus den Wäldern getrieben.

Die Mayas ergötzen sich über die kleinen struppigen Tiere. Sie zäumen sie auf und vollführen verwegene Reiterkunststücke.

Nabor wählt sich ein starkes Tier. Da nähert sich ihm Eseko: »Herr, viele Tagereisen von hier liegt die Felsenburg Weas und in ihrer Nähe ein Sonnentempel. Dort soll die ›Göttin‹, wie die Tursen sie nennen, weilen. Aber der Weg dorthin ist voller Gefahren«, fährt der Alte fort, »über Berge und durch dichten Wald führt er auf einem schmalen Pfad.«

Der Lukomane denkt nach. Kommt es zum Kampf, dann werden die Tursen aus dem Hinterhalt der Wälder angreifen, und es wird große Opfer fordern, um das Ziel zu erreichen. Er sieht um sich die blühende Jugend des Maya-Reiches, die er ausgewählt hat. Voller Vertrauen folgt sie ihm und ahnt nicht, dass Gefahr und Tod ihrer warten. Der Gedanke lässt Nabor erschauern. Blut wird fließen, kostbares Menschenblut, und dieses Blut kommt auf ihn. Darf er anderer Väter Söhne opfern, um den eigenen zu gewinnen. Premenio tritt mit Palastherren heran. Nabor blickt auf. »Herr, die Männer warten auf deinen Befehl. Sollen die Hörner den Aufbruch verkünden?«

»Stellt Wächter nach allen Seiten aus. Die Leute sollen den Wald durchstreifen und nahende Gefahr erkunden.« Erstaunen zeigt sich in den Gesichtern, nur der alte Eseko nickt verständnisvoll.

»So ist es dein Wille, Herr, an diesem Ort zu bleiben?«, fragt Premenio widerstrebend.

»Die Leute lagern hier, bis sie mein Wille zur Tat ruft!«, kalt sagt es der Lukomane. Eine Handbewegung heißt sie gehen. Fröhliches Lagerleben ersteht. Die Nacht sinkt herab, und Feuer lodern in der Runde. Die Lieder und Hymnen von Atlantis erklingen. Der Gesang dringt in Nabors Zelt. Er ist allein. Immer noch wogt in ihm der Widerstreit der Gedanken. Vergeblich kämpft er um einen klaren Entschluss. Matt lehnt er sich zurück in die weichen Kissen seines Lagers. Inbrünstig bittet er Elohim um Hilfe und um den rechten Weg. Still wartet er und lauscht in sich hinein. Lange muss er warten, dann haucht die feine Stimme: »Ringe mit Weas Seele. Überwindest du sie nicht, dann kehre zurück.«

Der Tursen Krieger rüsten sich zum Kampf. Überall sammeln die Stammesältesten und Oberen ihre Männer und führen sie der Küste zu.

Wea hält Kriegsrat. »Lassen wir sie eindringen in unsere Wälder, dann werden wir sie zermürben. Tag um Tag, Nacht um Nacht werden wir sie erschrecken und unsere Speere ihre Häupter umschwirren. Des stolzen Lukomanen blonde Riesen werden fallen und ihr Blut unseren Boden tränken. Lebend oder tot bringt Nabor in meine Hand.«

Der nächste Tag bringt die Kunde, dass die Atlanter an der Küste lagern.

Höhnisch lacht der Tursenfürst: »Er meidet den Kampf. Feige wie er sind seine Leute. So werden wir sie jagen und in die Fluten des Meeres treiben.« Befehlend fügt er hinzu: »Haltet eure Männer bereit, wenn die Nacht weicht und der junge Morgen aufdämmert, will ich sie in den Kampf führen.«

Noch einmal treibt es Wea zu Maya.

»Dein Gemahl, Königin, verharrt an der Küste. Sein vorsichtiges Herz wagt es nicht, den Kampf zu beginnen«, berichtet er der Aufhorchenden. »So wird der Tursen Arm ihn zerschmettern oder ihn auf das Meer zurückjagen«, schließt er triumphierend. Maya schweigt. In ihr regt sich die Atlanterin, und seit das Erleben im Sonnentempel sie erschütterte, lebt in ihr ein banges Ahnen. Was nutzen die kampferprobten Scharen der Tursen gegen die Macht geheimer Künste.

»Sei auf der Hut, Wea«, sagt sie mahnend. »Nabor ist gefährlicher, als du glaubst.«

Ein hochmütiges Achselzucken ist Weas Antwort, dann stellt er fordernd die Frage: »Wenn der Mut meiner Männer die Eindringlinge zerschlägt und die Gefahr von dir, Königin, und deines Blutes Spross abwendet und sie heimkehren werden, ruhmbekränzt, erwartet von liebenden Frauen, dann hoffe auch ich, das Weib in dir zu finden und nicht die Königin und Priesterin.«

»Wenn der Weg frei für mich ist, winkt dir die Erfüllung«, sagt Maya leise und wendet sich ab.

»Ich nehme dich bei deinem Wort, Königin.«

»Ich werde diesen Schwächling zertreten, und Maya wird mir gehören«, sagt Wea voller Siegesbewusstsein laut zu sich selbst.

Er zecht im Kreise seiner Oberen bis tief in die Nacht, bis sie lärmend und lachend die Halle seiner Burg verlassen. Der Tursenfürst sucht sein Lager auf. Bald künden schwere Atemzüge von tiefem Schlaf. Dunkelheit lastet im Raum. Da stöhnt der Schlafende. Er wälzt sich auf die andere Seite. Stille – wieder das Stöhnen. Wea wird immer unruhiger – ein fast ersticktes Stöhnen, wie bei einem Albdruck. Ein wilder Schrei, der Tursenfürst fährt von seinem Lager auf. Träumt er? Der Raum ist erfüllt von blauviolettem Licht, das sich zu erhellen scheint. Wea reibt sich die Augen. Es ist kein Traum. Die Halle schimmert in diesem Licht, denn er erkennt alle Gegenstände. Da bildet sich im Licht eine Gestalt. Fassungslos starrt der Turse auf die Erscheinung, die langsam, wie schwebend, sich ihm nähert. Jetzt erkennt er das Gesicht des Verhassten. Die Augen sind übergroß und umfassen ihn mit zwingendem Blick. Kaltes Grauen kriecht Wea an, lähmt ihn mit fast schmerzendem Druck. Er schließt die Augen und öffnet sie wieder, doch die Erscheinung bleibt, unentwegt brennen die Augen in die seinen. Das Gesicht nähert sich. Mit einem unartikulierten Schrei flüchtet der Turse an die Wand, doch die Erscheinung nähert sich weiter. Wea springt auf, läuft durch die Halle, will zur Tür hinaus. Er taumelt zurück. Vor ihm schwebt die Gestalt. Sie hebt die Arme. Fast von Sinnen vor Angst und Grauen reißt der Turse den Dolch von der Wand und sticht wild nach der Erscheinung – doch er sticht ins Leere. Wie ein gejagtes Wild rast Wea in der Halle umher, rennt hier gegen einen massiven Holztisch, dort gegen eine Truhe. Er stolpert, schlägt hin, liegt wimmernd am Boden und verbirgt das Gesicht in den zuckenden Händen. Da haucht eine Stimme: »Wea.« Er springt wieder auf und stürzt hinaus. Diesmal gelangt er ins Freie. Fahl leuchtet das Mondlicht. Schreiend läuft er über den Burghof. In den anderen Häusern, die diesen umgeben, wird es lebendig. Halbnackte Gestalten werden sichtbar. Sie sehen ihren Herrn mit verzerrten Zügen und wirrem Haar schreiend umherlaufen. Einige Beherzte folgen ihm. Sie erreichen ihn, rufen ihn an, doch Wea hört sie nicht. Er läuft und läuft. Keuchend entringt sich der Atem aus seiner Brust. Schon umfängt ihn das Dickicht des Waldes – dann ist er verschwunden. Am nächsten Tag finden ihn seine suchenden Männer. Er liegt, in den Erdboden verkrampft, mit dem Gesicht auf der Erde. Sie drehen den vermeintlich Toten herum, da belebt sich das Gesicht. Die Augen öffnen sich halb, der Mund murmelt etwas Unverständliches. Einer der Tursen bringt sein Ohr ganz nahe, da hört er: »Atlantis' Gott schlug mich. Nabor sei euer Herr.« Entsetzt richtet sich der Obere auf und wiederholt das Gehörte den anderen. Wie ein Lauffeuer verbreitet sich das Geschehene unter den Tursen und lähmt ihre Kampfeslust. Die Oberen beschließen, einige Stammesälteste zu Nabor zu senden, um ihm ihre Ergebenheit zu bezeugen.

Auf Bitte der Oberen wird Maya durch den Hohepriester Sandor von der veränderten Lage unterrichtet.

Nabor hat ihn gejagt und zur Strecke gebracht, denkt sie. Zu ihrer eigenen Verwunderung empfindet sie ein Gefühl der Erleichterung. Wenige Tage später melden Späher das Herannahen der Atlanter. Premenio erscheint mit einer Schar Berittener im Bereich des Sonnentempels. Er bringt Maya den Gruß des Lukomanen und kündet seinen Besuch für den nächsten Tag an.

In ihrem Gemach sitzt Maya, angetan mit dem azurblauen Königsmantel, den Knaben auf dem Schoß. Bei ihr ist Lea, die

Schwester des Tursenfürsten, ein wunderschönes Mädchen, schwarz das Haar, dunkel die Augen und brünett die Hautfarbe. Sie ist eingehüllt in ihren tiefen Kummer. Wea ist verschwunden. Niemand weiß, wohin er seine Schritte lenkte. Tränen rinnen unaufhörlich über Leas Gesicht. Maya tröstet sie mit gut gemeinten Worten: »Du bleibst bei mir, Lea, auch wenn ich zurückkehren muss in das Maya-Reich.«

Das Geräusch von Pferdehufen dringt in das stille Gemach. Rufe werden laut und der Klang vieler Stimmen.

Er kommt, um mein Kind zu holen. Ein bitterer Zug läuft um Mayas Mund.

Der Lukomane begrüßt mit einigen freundlichen Worten, von Eseko übersetzt, den Hohepriester Sandor, der ihn in das Innere des Tempels geleitet. Vor dem Gemach Mayas bleibt Sandor zurück, Nabor betritt es allein.

Wortlos verneigt er sich vor seiner Frau. Maya hat sich erhoben, keiner Regung fähig. Auch der kleine Guweil schaut mit großen Augen auf den blonden Mann in seinem prächtigen Gewand. Nabors Blick löst sich von Maya und gleitet zu dem Kind. Ein weiches Lächeln, von dem Kleinen erwidert, lässt diesen die Scheu überwinden. Mit unsicher tappenden Schritten läuft er auf den Lukomanen zu, und beglückt nimmt ihn Nabor in die Arme. »Guweil«, sagt er. Der Knabe schmiegt sein Köpfchen an die Wange des Vaters. Ein starkes Glücksgefühl durchrieselt Nabor. Inniger presst er das Kind an sich. Maya sieht zu Boden. Ihr Spiel ist verloren.

Da sagt Nabor: »Der Mutter meines Sohnes ist der Weg nach Mayagard frei, wenn sie mit uns ziehen will.«

Maya ist erblasst. In diesen Worten liegt das Urteil. Nicht als Lukomanin, nicht als seine Frau führt er sie zurück, nur als Mutter seines – ihres Kindes.

»Als Priesterin weihte ich mich dem Sonnengott, keines anderen Mannes Hand berührte mich«, stößt sie hervor.

»So willst du an diesem Ort bleiben?« Ruhig ist der Ton, keine Erregung ist spürbar.

»Wenn ich es wollte, nimmst du mir mein Kind, und das könnte ich nicht ertragen«, gibt Maya gequält zurück.

»Guweil gehört dir nicht und auch nicht mir. Er ist berufen, dereinst Herrscher des Maya-Reiches zu sein. Für dieses Amt wird er vorbereitet werden, das ist meine Pflicht. Um sie zu erfüllen, kam ich in dieses Land. Ich hole ihn, um ihn einzusetzen in sein Recht, das du ihm nahmst.« Freundlicher fährt der Lukomane fort: »Willst du dem Knaben die Mutter bleiben, so ist es dir gewährt. Täglich kannst du bei ihm weilen, doch ohne Schutz wird er niemals sein.«

»So wäre ich eine Gefangene«, trotzig sagt es Maya.

»Wenig verändert ist dein starrer Sinn. Du brachst dein Wort als Lukomanin, du brachst dein Wort dem Gemahl, das du feierlich im Tempel Elohims gegeben hast. Du hast das Recht verwirkt, Vertrauen zu verlangen.«

Wie unter Schlägen beugt sich das Haupt der stolzen Maya.

Abschließend sagt der Lukomane: »Entscheide dich bis morgen, ob dein Herz dir befiehlt, Priesterin oder Mutter zu sein. In Weas Burg erwarte ich deine Antwort. Die Mutter meines Sohnes will ich mit allen Ehren zurückgeleiten, die Sonnenpriesterin erkennt mein Auge nicht.«

Kurz wendet sich Nabor um und verlässt mit dem Knaben im Arm das Gemach.

Mayas Brust entringt sich ein gellender Schrei: »Mein Kind!« Dann bricht sie, vom Schmerz übermannt, zusammen. Liebevoll streichelt sie Lea, den eigenen Kummer vergessend.

Nabor hat Premenio zu seinem Statthalter ernannt, ihm zur Seite steht der sprachkundige Eseko, außerdem verbleibt der größte Teil der Streitmacht der Maya im Tursenland.

Einige Obere und ein paar hundert Tursen führt Nabor als Geiseln mit sich. An Bord eines der zurückkehrenden Schiffe befindet sich Maya. Der Palastherr Mamya ist ihr zur Seite gestellt worden, doch sie beachtet den früheren Vertrauten nicht. Sie duldet nur Lea, die Tursin, um sich. Als Nabor auf dem Führerschiff ankommt, gehen die Segel hoch. Sie blähen sich im Wind, und die Schiffe stechen in See.

In einem Triumphzug ohnegleichen fährt der Lukomane durch Mayagard. Auf seinem Arm hält er den Knaben Guweil, der sich scheu und ängstlich an den Vater drückt. Beispielloser Jubel umbrandet den Herrscher. Nabor befiehlt, zum Tempel zu fahren. Tief bewegt von Amatur empfangen, dankt er Elohim für seine sichtbare Gnade. Dann übergibt er seinen Sohn dem Priester. »In Elohims Halle, unter deinem Schutz und deiner Führung wachse er auf, damit sein Herz gläubig und er ein lichtes Werkzeug des Allmächtigen werde.«

»Es ist ein Königssohn, bedenke es, Nabor«, entgegnete Amatur.

»Der falsche Kult eines fremden Volkes streifte sein junges Gemüt. Fremd ist ihm Elohim und das Licht. Senke in sein Herz den Samen des Glaubens und der Liebe, niemand vermag das besser zu tun, als meines Herzens einziger Freund.« Bittend sagt es der Lukomane und fügt hinzu: »Ruft Guweil nach der Mutter, so lasse sie holen, doch lasse sie nie mit ihm allein.«

In dem großen Haus, das einst Wea als Wohnstatt diente, lebt Maya, einsam und von allen gemieden. Auf Befehl des Lukomanen ist das Haus mit erlesener Pracht ausgestattet worden, auch sonst steht ihr alles zu Gebote, dessen sie bedarf. Nur der Zutritt in den Lukomanen- und Säulenpalast ist ihr verwehrt. Mit schmerzlicher Klarheit kommt es ihr zu Bewusstsein, dass sie eine Fremde geworden ist und als solche angesehen und behandelt wird. Die unsichtbare Mauer, die sie damals wähnte und die sie sprengen wollte, ist nunmehr Wirklichkeit geworden. Ihre einzige Vertraute ist Lea. Das Tursenmädchen hält die Verbindung mit den gefangenen Tursen aufrecht, die außerhalb Mayagards untergebracht sind.

Oft treibt die Sehnsucht Maya zu ihrem Kind. Gleichmäßig freundlich empfängt sie Amatur und bringt ihr den Knaben. Allmählich bemerkt Maya eine Veränderung im Verhalten des Kindes. Lief es ihr die erste Zeit freudig entgegen, so löst es sich jetzt nur noch zögernd von der Hand Amaturs. Diese Erkenntnis ist die bitterste für Maya. Tagelang verlässt sie ihr Gemach nicht. Sie antwortet nicht auf Leas besorgte Fragen. Kaum dass sie die Speisen berührt, die ihr das Tursenmädchen bringt. Lea weiß bald keinen Rat mehr. Sie lässt Mamya holen. Mühsam macht sie ihm mit ihren geringen atlantischen Sprachkenntnissen klar, dass die Herrin krank sei und sich ihr Sinn umdüstere.

»Ich werde nach ihr sehen«, sagt der Palastherr. Gemeinsam mit der Tursin betritt er das Gemach Mayas. Erstaunt fragt sie nach seinem Begehr.

»Verzeih, Herrin, ich vernahm«, auf Lea weisend, »du seiest krank und brauchtest Hilfe«.

»Krank? Nein, krank bin ich nicht, Mamya. Es sei denn, dass mein Herz zu Stein verhärtet ist. Um mich davor zu bewahren, will ich den Fremden als Priesterin der Sonne dienen. Verkünde dem Lukomanen meinen Entschluss. Nichts hält mich mehr hier, auch mein Kind habt ihr mir entfremdet. Noch heute verlasse ich dieses Haus, in dem ich eine Fremde bin. Ich gehe zu den Tursen, um ihr Los mit ihnen zu teilen.«

Still geht der Palastherr, und sorgenvolle Gedanken bemächtigen sich seiner. Verloren sind ihre Macht und ihr Glanz. Die Spur der stolzen Königin wird verwehen, und niemand wird nach ihr schauen, wenn sie von dannen geht.

Gleichmütig hört Nabor Mamyas Bericht an. »Gebt ihr alles, wonach sie verlangt, und lasst sie in Frieden ziehen«, ist seine Antwort.

Er ist erfüllt von anderen Dingen, die ihm wichtiger erscheinen als das Geschick der Frau, die ihn verließ und von der er sich losgerungen hat. Sein Plan, dem Tursenreich eine atlantische Kultur zu vermitteln, wird mit allen Mitteln gefördert. Fast täglich verlassen Schiffe Mayagard, mit Bauern und Handwerkern an Bord, die auf der anderen Seite des Meeres die Lehrmeister der Tursen werden sollen. Auf kleineren seefesten Schiffen fahren Boten hin und her. Sie verkünden dem Statthalter die Wünsche des Lukomanen und bringen Premenios Berichte und Vorschläge.

Nabor hat die strenge Anweisung gegeben, den Sonnenkult der Tursen unbehelligt zu lassen. Er empfiehlt Premenio, die Freundschaft des Hohepriesters Sandor zu erlangen und zu pflegen. »Lasse ihnen den Glauben ihrer Väter. Gewinne ihre Herzen, so werden sich ihre Seelen dir öffnen. Halte deine Mannen in guter Zucht, dass sie ein Beispiel denen sind, die zu führen sie berufen wurden. Dulde keinen Widerstand, doch schone das Leben der Menschen. Schwer ist die Bürde, die ich dir auferlegte, doch groß ist auch die Macht in deinen Händen. Gebrauche sie mit vorsichtigem Sinn. Bedenke stets, dass nur eine milde Hand ausgleicht und Widerstrebendes bindet. An der Küste, auf hohem Fels, errichte einen Tempel, zum Dank und zum Preis Elohims.«

Botschaften werden zu seinem Vater und zu Cerbio gesandt. Der alte Lukomane Ebor bittet Nabor in seiner Antwort, mit Guweil zu ihm zu kommen. Lehuana, seine Mutter, sei zu alt und zu matt, um die lange Reise ins Maya-Reich zu unternehmen. Es sei aber ihr Herzenswunsch, ihren Sohn und ihr Enkelkind noch einmal in die Arme zu schließen. Meine Mutter, denkt Nabor, fast habe ich sie vergessen, so verstrickt wie ich in die Wirrsal meines Geschickes bin.

Der Lukomane befiehlt den sofortigen Aufbruch. Seiner beredten Bitte folgend, begleitet Amatur den königlichen Knaben Guweil. Frohe und glückliche Tage in Bayagards Mauern folgen. Lehuana und Ebor umgeben Nabor mit liebevoller Fürsorge. Klein Guweil erobert sich schnell die Herzen der Großeltern und seines Onkels Sebor. Jeder verwöhnt den munteren kleinen Knaben.

Nabor lebt auf. All das Schwere und Lastende, das sein Gesicht so schmal und ernst werden ließ, ist von ihm abgefallen. Er sitzt auf dem Ruhebett bei seiner Mutter. Hand in Hand verbleiben sie beieinander, und keine Worte stören den inneren Zusammenklang. Lehuanas Ahnung hatte sich bestätigt und ihr Mutterherz mit ihrem Sohn gelitten. Innige Gebete für ihn waren aufgestiegen zum Gott des Lichtes und der Liebe – und sie waren erhört worden. Elohim erhielt ihr den Sohn und gab ihr einen Enkel, der ihr altes Herz in überströmender Zärtlichkeit sich ergießen lässt.

Zu aller Freude trifft überraschend Cerbio mit seiner Mutter Hethara ein. Die beiden Königinnen verbindet eine alte Freundschaft. Hethara ist sehr gealtert. Ihr Haar ist schlohweiß geworden, denn insgeheim verzehrt sie der Kummer um ihren Gatten, den sie in der Verbannung in den unwirtlichen Bergen des Nordens weiß und von dem sie keine Kunde mehr erreicht hat.

Cerbio ist das sprudelnde Leben. Sein leicht beschwingtes Naturell reißt auch Nabor mit. Der junge Lukomane des Waya-Reiches ist begeistert von den Plänen seines Freundes und bittet ihn, das Tursenreich besuchen zu können. Die Bitte wird sogleich gewährt. Cerbios bedenkenlose Zustimmung lässt Nabors Herz höher schlagen. Immer kühner und umfassender ersteht Plan auf Plan.

»Atlantis Söhne müssen das Meer überwinden. Sie müssen den Dunklen in ihren Landen Wegweiser zu einem besseren Leben und lichterer Erkenntnis sein.« Voller Inbrunst sagt es Nabor, und fast ehrfurchtsvoll ist Cerbios Erwiderung: »Du bist erkoren vor allen Königen. Sprich zu den Menschen in Bayagard. Sie werden dich hören und dir folgen.«

Gemeinsam begeben sich die drei Lukomanen auf die Reise nach Bayagard. Mit ihnen reist Amatur. Klein Guweil wird der Obhut der Großmutter anvertraut, auch Hethara bleibt als Gast bei Lehuana.

In der Halle des Lukomanen-Palastes in Bayagard herrscht großer Jubel. Die Freude über Nabors Sieg ist allgemein. In den jungen Lukomanen weckt er einen gleichen Tatendrang, und die älteren sind froh, dass die Gefahr abgewandt ist. Jedoch schütteln sie bedenklich die Köpfe, als Nabor dem Rat seine weitreichenden Pläne unterbreitet. Ein lebhaftes Für und Wider klingt auf. Jung und Alt ficht gegeneinander, die einen mit stürmischem Elan, die anderen bedachtsam, mit mahnenden Worten. Beredt versucht Nabor, alle Einwände zu entkräften, doch vergebens. Eine gleiche Zahl weisen die goldenen und silbernen Kugeln, die zur Abstimmung benutzt werden. Nach atlantischem Gesetz muss der Loki entscheiden, wenn keine Mehrheit erzielt wird.

Nabor ist enttäuscht; doch Cerbio muntert ihn auf: »Sei guten Mutes, der Loki kann sich unseren guten Gründen nicht entziehen. Wir Jungen stehen zu dir.« Er macht ein feierliches Gesicht, dass Nabor unwillkürlich lächeln muss.

In der Königshalle des Tempels steht der Priesterkönig inmitten der Lukomanen. Wie immer segnet er die Einzelnen, dann wendet er sich zum Herrscher des Maya-Reiches.

»Sprich, Nabor, was ist dein Begehr?«

Zuerst stockend, dann immer lebhafter, berichtet Nabor von seiner Fahrt ins Tursenland. Eindrucksvoll schildert er das Leben der Tursen, ihren Glauben, ihren Kult und ihre Sitten, die ein Menschenleben nicht achten.

Ruhig hört ihm der Loki zu.

Bestärkt durch diese Haltung, fährt Nabor mit erhobener Stimme fort: »Ist es nicht die Pflicht der Söhne Eya-Eyas, die Dunklen teilhaben zu lassen an unserer Art zu leben, damit ihr Weg leichter wird und sie zu Elohim und seinem lichten Reich geführt werden können?«

Des Priesterkönigs Augen lösen sich vom Lukomanen. Ihr Blick wird fern. Dann senken sich die Lider.

Spannungsvolle Stille erfüllt den Raum. Minuten vergehen – noch schweigt Huatami. Dann öffnen sich die Augen wieder, der

Loki spricht: »Dein guter Wille ehrt dich, Nabor. Doch wisse, noch ist die Stunde nicht gekommen, wo die Kinder Eya-Eyas den Dunklen die Bruderhand reichen können. Zu klein ist der Dunklen Bewusstsein, zu unreif ihre Seelen, als dass sie unseres Wesens Art begreifen könnten.«

»Wenn ihnen Weg und Ziel gewiesen wird, dann werden sie folgen«, wendet Nabor ein.

»Vergebens wäre deine Mühe. Sie haben in sich nicht die Sehnsucht nach dem Licht. Ihre Sinne sind gebannt vom trügerischen Schein dieses Daseins. Glaube mir, mein Sohn, ich könnte dir den wahren Grund enthüllen, doch ein heiliges Gelübde verschließt mir den Mund. Ich darf dir das Geheimnis nicht offenbaren, das nur dem Hohepriester der lichte Gott kundtat. Der hehren Ahnen schweres Geschick sei Warnung dir und allen, die, geblendet durch deinen unblutigen Sieg, ein Gleiches sich erhoffen.

Nicht um ein Reich zu erobern, schützte dich die lichte Macht und setzte die Kraft in dir frei. Das Unrecht am Königsspross auszugleichen und ihn zurückzuführen ins Haus der Väter, war Elohims Wille und auch deines Herzens bewegender Grund. Begnüge dich, Lukomane, und danke Elohim, dass er dir den Sohn zurückgab. Doch rufe deine Mannen zurück aus dem fremden Land, denn sie können die Dunklen nicht heraufziehen zu sich, du bringst sie nur in Gefahr und mit ihnen Eya-Eyas Glück.«

Nabor erbleicht. Er soll sein eigenes Werk zerstören.

Erregt begehrt er auf: »Es kann nicht der Wille Elohims sein, dass Menschengeschwister wie wilde Tiere leben. Des lichten Gottes Liebe umfasst alle Geschöpfe. Wir haben nicht das Recht, etwas anderes zu tun. Wohl war es mein Wunsch, meinen Sohn zurückzuerlangen; doch dadurch führte mich mein Weg in jenes Land, wo Krankheit, Not und Tod unwissende Menschenkinder quälen. Ich kann sie nicht den dunklen Mächten überlassen, in deren Bann sie furchterfüllt durch ihre Tage gehen. Mein Werk, begonnen aus reinem Herzens Streben, wird der Vollendung zugeführt, und bis zum letzten Atemzug werde ich ihm dienen.«

»So weigerst du dich, Elohims Gesetz zu folgen?«

»Es ist nicht Elohims Gesetz. Wäre es Elohims Wille, die Menschen in ihrer Not zu lassen, wäre er nicht der Gott der Liebe.«

»Schweig, Vermessener, frevelnd entweihst du heilige Stätte«, herrscht ihn Huatami an. »Brichst du das Gesetz, fällst du in Not, wie dein hochmütiges Weib.«

»Mein Weib«, wiederholt Nabor, ruhiger werdend, »mein Weib irrte in ihrem dunklen Drang, doch auch ich irrte bis zu dieser Stunde, denn in dir sah ich den Mittler Elohims.«

Drohend tritt der Priesterkönig auf Nabor zu, die Augen glühen in hartem Glanz.

»Dein irrer Wahn zerstört den Frieden Eya-Eyas. Furchtbare Saat säst du, da du dich abwendest von Elohim und missachtest sein Gesetz. Verflucht seiest du, Unheilbringer, dem Untergang von Atlantis bereitest du den Weg!«

Totenblass tritt Nabor einen Schritt zurück. Dann fasst er sich und geht dem Ausgang zu. Cerbio und die jungen Lukomanen gesellen sich zu ihm.

»Bleibt, ich muss den Weg gehen, den mir mein Herz befiehlt.«

»Wir stehen zu dir, denn wir empfinden wie du«, antwortet Cerbio für die anderen. Da löst sich auch Ebor von seiner Säule. Er neigt sich vor dem Loki. »Meines Sohnes Weg ist auch der meinige.« Wie zu Stein erstarrt, steht Huatami da. In dem Asketengesicht zuckt es, seine Lippen murmeln: »Hilf mir Elohim, gib ein Zeichen, dass sie deine Macht sehen und meines Eifers gute Absicht erkennen.«

Kein Zeichen wird sichtbar.

Da weiten sich die Augen Huatamis, als sähen sie eine furchtbare Vision. Das Gesicht verzerrt sich, wie durch schwere innere Qual. Ein Stöhnen wird laut und entringt sich mit keuchendem Atem der Brust des Lokis. Die Lippen zucken. Worte fallen in den Raum: »...des Machtwahns Gier ergreift sie – sie erobern die Erde – Blut fließt – viel Blut – sie wenden sich ab – sie wenden sich ab von Elohim«, in schmerzerfülltem, klagendem Ton schreit es Huatami. Dann stöhnt er wieder: »... das Unheil kommt – die große Flut – viele, viele Menschen schreien und flehen – die Wasser – die Wasser verschlingen sie ...«

Huatami wankt, dann stürzt er zusammen, wie ein gefällter Baum. Hart schlägt das Haupt auf die Marmorfliesen. Vor Entsetzen erstarrt, sehen es die zurückgebliebenen Lukomanen. Qualvoll stöhnend, windet sich der Loki: »Erbamen – Erbarmen – Elohim – Erbarmen.«

Mit letzter Kraft sich nochmals aufrichtend, schreit es Huatami, dass es durch die Halle dröhnt: »Erbarmen – Elohim – Erbarmen!« Dann sinkt er zurück. Ein letztes Zucken durchläuft den Körper. Gläsern werden die Augen, der schmerzverzerrte Mund erstarrt. Huatami ist abberufen worden.

Erschüttert stehen die Lukomanen im Tempel.

Die Priester bemühen sich um den Leichnam und tragen ihn aus der Halle, in der durch Trotz und Eifer das Glück Eya-Eyas zerbrach.

Still liegt das hohe, weite Gemach. Von den Wänden flutet ein irisierender Schein und beleuchtet das Ruhebett, auf dem Erik von Lichtenau immer noch schläft. Kaum sind seine Atemzüge wahrnehmbar. Von Zeit zu Zeit huscht ein leichtes Zucken über sein Gesicht, und nun werden die Atemzüge tiefer und regelmäßiger. Seine Gestalt streckt sich. Ein tiefer Seufzer hebt seine Brust. Wie suchend gleitet seine Hand über das Ruhebett, dann hebt er langsam die Augenlider. Wie schwer sie sind. Müde schließt er sie wieder.

Durch seine Gedanken huschen tausend Bilder, die er nicht formen kann. Hier leuchtet ein Gesicht auf, dort leuchtet ein Gesicht auf. Wo hat er sie nur gesehen? In seinem Traum, der so unendlich schön war, bis auf das Letzte. Das Letzte war bitter.

Nun öffnet er wieder die Augen. Seine Blicke wandern in dem prunkvollen Gemach umher. Ein Lächeln überzieht sein Gesicht. Behaglich streckt er sich. Dann gleitet er in ein waches Träumen. Bilder steigen auf. Er sieht sich dahinfahren im Viergespann, von feurigen Pferden gezogen. Viele, viele Menschen, hochgewachsen, in buntfarbigen Gewändern, winken ihm zu, sie rufen einen Namen, immer wieder rufen sie ihn: »Nabor, Nabor.« Er winkt ihnen zu – ein großer Rubin funkelt an seiner Hand – – –. Unwillkürlich macht seine Rechte eine winkende Bewegung, als er ein Funkeln wahrnimmt. Im Moment hellwach, reißt er seine Hand hoch – da ist der große Rubin auf einem breiten goldenen Ring. Ungläubig betastet die Linke den Ring. Er ist es tatsachlich – der Rubinring. »Den Ring gab mir der Alte«, murmelt er versonnen. Was riefen die Menschen? Nabor? Nannte ihn nicht so der Alte. Bestürzt schließt er wieder die Augen – und erneut beginnt das bunte Spiel der Bilder. Schleier auf Schleier fällt. Rückschauend erlebt er in kurzen Bildern nochmals sein Leben – das Leben des Nabor. Ich war Nabor! Der Gedanke hält ihn fest und lässt ihn nicht mehr los.

Wie kann das sein, meldet sich sein kritischer Verstand. Du bist verwirrt in deinen Sinnen. Doch dieser Raum – der Ring, der alte Mann. Es muss so sein, kein Zweifel ist mehr möglich. Ich war in Atlantis. Wie ein wundervoller Traum erscheint ihm sein Erleben, das jetzt lückenlos in sein Bewusstsein rückt. Ich wurde verstoßen, weil ich glaubend irrte. Ich fand nicht mehr zurück in das lichte Reich. Tausende von Jahren musste ich nun wandern, durch viele Leben, bis mir diese Erkenntnis zuteil wurde. Huatami? Da blitzt ein Erkennen in Lichtenau auf. Huatami ist der Alte, sagte es nicht auch Lehuana, seine Mutter. Doch wo ist der Alte? Lichtenau erhebt sich. Er verlässt das Gemach und tritt auf den Gang hinaus. Er läuft suchend weiter und gelangt in die Höhle der Bildstatuen der Königspaare, die ihm zuzulächeln scheinen. Immer weiter treibt es ihn – eine fast traumwandlerische Sicherheit führt ihn. In der Ferne schimmert Licht. Er geht darauf zu, und vor ihm breitet sich das Trümmerfeld im Sonnenlicht aus. Ein lauter Schrei dringt zu ihm herauf. Noch etwas geblendet von dem ungewohnten Tageslicht, blickt Lichtenau hinunter. Da sieht er Paolo, der einen Freudentanz aufführt. »Senor«, schreit der Mestize. »Senor, ihr lebt?! Oh, die Madonna hat geholfen.« Er bekreuzigt sich. Mühsam klettert er an der Wand empor und steht keuchend vor dem Forscher. Er sieht ihn an wie einen Geist. Dann geht er im Kreis um ihn herum. »Wahrhaftig, Senor, ihr seid es.« Nachdem sich Paolo etwas beruhigt hat, fragt er: »Wo war der Senor so lange, ich suchte in dieser verdammten Höhle, fand aber keine Spur?«

»Ich war in einer versunkenen Welt, Paolo«, antwortet Lichtenau. Dann fragend: »Wie lange war ich eigentlich fort?«

»Siebenmal sank die Sonne im Westen, Senor.«

Lichtenau lässt sich auf einen Felsvorsprung nieder und zieht

Paolo an seine Seite. »Armer Kerl, da hast du lange warten müssen.« »Ich blieb nicht hier, Senor, nachdem ich vergeblich gesucht hatte, ritt ich zurück in euer Hotel und forschte in euren Sachen. Da fand ich einen mexikanischen Namen, Juanita y Serestro in Mexiko. Ich telegrafierte an sie und erhielt diese Antwort.«

Überrascht hört Lichtenau zu und greift hastig nach dem Telegramm. Er liest: »Erwarte uns – stopp – wir kommen nach Meriod – stopp – Juanita y Serestro.« Juanita? Juanita, das liebe Mädel. »Das werde ich dir nicht vergessen, Paolo«, sagt Lichtenau bewegt. Er drückt des Mestizen Hand. Da stutzt er unmerklich. Wo sah ich dieses Gesicht, diese glühenden dunklen Augen. Wea – durchfährt ihn ein Gedanke. Wea – Paolo – der Gleiche. Wea nahm ihm sein Weib. Er hat viel gutzumachen, sagte es nicht der Alte? Und nahm ein Fremder nicht Paolo die Geliebte in diesem Leben. Wirkt sich begangenes Unrecht über die Jahrtausende aus? Gottes Mühlen mahlen langsam, klingt ein altes Sprichwort in ihm auf.

Befremdet schaut Paolo. Was hat der Senor? Lichtenau fasst sich. Der Alte – er will nochmals versuchen, ihn zu finden. »Wir müssen noch einmal in die Höhle, Paolo«, sagt er aufstehend. »Senor, bei der Madonna, lasst ab davon. Einmal wurdet ihr dem Leben zurückgegeben, fordert nicht leichtsinnig das Schicksal heraus«, beschwört ihn der Mestize.

»Sei ohne Sorge, Paolo, ich kenne jetzt den Weg, und Herrliches werden deine Augen schauen«, beruhigt ihn Lichtenau.

Er geht voran, und Paolo folgt ihm zögernd. Lichtenau findet zurück bis zu der Höhle der Bildstatuen, dann biegt er ab und geht den Weg, den der Alte ihn geführt hat. »Wo ist der große Felsblock?«, fragt er halblaut sich selbst. Das Licht der Taschenlampe huscht suchend über die Wand. Er tastet mit den Fingern die feinen Rillen und Spalten der Wand ab. Hier war es doch, wo der Alte den Stein gerückt und den Gang freigemacht hatte, der zu dem Gemach führte.

»Last ab, Senor, eure Kräfte würden nicht ausreichen, die Steine zu verrücken«, sagt der Mestize mit spöttischem Unterton. Betroffen hält der Forscher in seinen Bemühungen inne. Täuscht er sich? Er geht zurück in die Höhle der Bildstatuen. Hier traf er auf Huatami. Es quält ihn, dass er den Alten verloren hat. Ein Hauch streift ihn wie lauer Wind und weckt ihn aus seinem dumpfen Brüten. Dann überfällt ihn plötzliche Klarheit. Huatami, der ihn verstieß, hat ihn zurückgeführt zu seiner atlantischen Bewusstseinsgröße und seine Schuld gesühnt.

»Huatami – Huatami, ich danke Dir!«, ruft Lichtenau laut. In vielfältigem Echo klingt es leise zurück: »... ich danke dir.«

Vor dem großen Geschäftshaus in einer belebten Straße in Mexiko City hält ein elegantes Auto. Eine junge Dame verlässt eilig den Wagen und verschwindet durch die Drehtür im Haus. »Ist Senor y Serestro in seinem Büro?«, fragt sie den Liftboy, der sie nach oben fährt. Sie erhält eine bejahende Antwort. Kurz grüßend eilt Juanita an dienernden Angestellten vorüber und betritt unangemeldet das Zimmer ihres Vaters. Erstaunt sieht Senor y Serestro, ein beleibter Herr in mittleren Jahren, auf, doch kommt er gar nicht zu Wort. Stürmisch wird er umfangen, und ein Kuss knallt auf seine Wange.

»Wir müssen sofort reisen, Pa'. Er ist verunglückt, wir müssen ihm helfen. Wir müssen noch heute nach Merido«, sprudelt Juanita aufgeregt hervor.

»Wer ist er?«, fragt verdutzt Senor y Serestro.

»Herr von Lichtenau! Aber Pa', du weißt doch, der junge Forscher. Ich erzählte dir doch von ihm«, gibt Juanita in vorwurfsvollem Ton zurück.

Bedenklich schüttelt Senor y Serestro den Kopf: »Es wird nicht möglich sein, Kind, ich habe mehrere Konferenzen in den nächsten Tagen.«

Juanita ist den Tränen nahe. Verräterisch zuckt es um ihren Mund. »Wir können ihn nicht hilflos verkommen lassen«, stößt sie, fast flehend, hervor.

Das Mädchen ist verliebt, geht es Senor y Senestro durch den Kopf. Laut sagt er: »Also gut, Kind, wir reisen.« Stürmische Zärtlichkeit ist der Dank. So plötzlich, wie sie gekommen ist, verschwindet Juanita wieder, um die Reise vorzubereiten.

In der Hafenstadt trifft Lichtenau auf Vater und Tochter.

»Ich habe Pa' alles erzählt, Herr von Lichtenau, und als wir Paolos Telegramm erhielten, Sie seien vermisst, war er sofort bereit, mich hierher zu begleiten«, sagt Juanita. Ihre Augen strahlen, sie ist so froh und glücklich, dass sie den heimlich Geliebten gesund wiedersieht.

Der Pa' räuspert sich. Er kennt seine Tochter gar nicht wieder. Sie ist ja bis über die Ohren verliebt in diesen blonden Menschen. Voller Herzlichkeit wendet er sich zu Lichtenau: »Ich freue mich wirklich, dass Sie gesund aus der Unterwelt zurückgekehrt sind, Herr von Lichtenau, und bitte Sie, wenn es Ihre Pläne erlauben, in unserem Haus in Mexiko unser Gast zu sein.«

Lichtenau blickt Juanita an. In ihren Augen liest er die gleiche Bitte. »Ich komme gern, Senor y Serestro«, sagt er still.

Auf dem Sonnendeck des Ozeanriesen liegt ein junges Paar in den Liegestühlen.

»Ich freue mich so sehr, deine Heimat kennenzulernen«, sagt die schöne junge Frau, der man das Glück ansieht. »Freust du dich auch, Erik?«, wendet sie sich zu dem hochgewachsenen Mann, der ihr zur Seite in seinem Liegestuhl ausgestreckt liegt.

»Sehr sogar – Maya!«

Verwundert hört es Juanita, dann lacht sie hell auf. »Er träumt wieder, der gestrenge Herr Gemahl.«

Ihre Blicke tauchen ineinander. Zwei Hände finden sich zu zärtlichem Druck.